컬
．．．． 느는

쌩
：． 깍
：．   들

오롯이 나를 돌보는 아침 산책에 관하여 ∘ 오원 지음

걷는 생각들

생각정거장

•

코로나로 세상은 멈췄고, 나는 걷기 시작했다

위대한 인류는 세상의 모든 것을 지배하고 엄청난 속력으로 문명을 발전시켰는데, 어느 날 찾아온 코로나바이러스에 이렇게 쉽게 당할 줄은 몰랐다. 인간이 무기력하게 갇혀 지낼 줄은 상상도 하지 못했다. 이 작은 바이러스는 모든 것을 멈추게 하고, 인간을 타인과 집단으로부터 격리시켜 혼자 남겨 두었다.

사람들은 해외로 떠나지 못하는 대신 집 앞 동네를 산책했고, 모임과 축제 대신 자연 속에서 혼자 걷기를 시작했다. '멀리, 많이'에 가려져 '가까이, 조금씩, 혼자'는 가치 없이 여겨지는 현대사회에서 뜻하지 않은 바이러스의 침공은 우리에게 '산책의 기쁨'을 가르쳐주었다.

걷는다는 것. 아침에 걷는다는 것, 혼자 걷는다는 것, 여자가 걷는다는 것.

그것은 우주와의 만남이다. 몸의 세포들이 과거와 현재와 미래의 시간들과 우주에 떠도는 모든 이야기와 직접적으로 만나는 행위다. 죽음 같은 밤을 경험한 뒤 아침에 새로운 생을 부여받은 세포가 걷는 것은 자'신'과 만나는 명상이다. 아침에 걷는 것은 그날 태어난 새로운 나에 대한 축복의 의식이다.

빛나는 아침, 내가 새로 태어났을 때 자연과 세상을 만나러 집 앞을 나서는 작은 루틴은 나라는 인간이 부속품이 아닌 주체적 '존재'로서 나의 우주를 만나는 거대한 행위다. 그리고 그 안에서의 생각들은 내 삶의 모든 것이며, 모든 것에 관한 것이다.

나는 '산티아고 순례길'이라는 상징적인 길을 정하고 출근 전 매일 1시간을 걸었다. 혼자 걸었지만 그 끝에서는 '함께' 걸었다는 생각을 했다. 과거의 나와 현재의 나,

그리고 미래의 나는 언제나 누군가와 함께 있었다. 걸을수록 하나하나 그들에게 감사했다.

  이 책은 혼자서 오롯이 걷는 모든 이를 위한 책이다. 혼자 걸었던 이의 마음과 생각들은 걷는 발걸음에 맞춘 호흡으로 공기 중에 떠 있다. 어쩌면 그들과 함께 쓴 책이라고 할 수 있다. 외롭지 않게 걸었고, 외롭지 않게 썼다. 그래서 오롯이 혼자가 되려고 노력하거나 될 수 있는 이들이 읽어주리라는 생각에 설렌다.

  산책은 나라는 우주를 만나는 여행이다. 여느 여행기처럼 자신의 산책길과 자신을 보여주는 글들이 많이 나왔으면 하는 바람이 있다. 지방도시나 시골 산책이면 더욱 좋겠다. 혼자 걷는 여성들의 산책 이야기면 더더욱 좋겠다.

  나의 산책 이야기는 지극히 소소하다. 그러나 혼자 길을 나서는 여성의 이야기는 결코 작은 세상의 것이 아니다. 여성이 길에 나선 역사는 매우 짧다. 자신을 알고 자신의 진짜 목소리와 이름을 발견하는 동적인 시작점이 '길을 걷는 일'이다. 그 이야기들이 모이면 길이 되고 지도가 된다.

비단 여성만의 이야기는 아니다. 자신이 서 있는 자리는 우주의 중심이고, 그 중심에서 '혼자'들이 모인 길은 '순례길'이 된다. 내 작은 이야기가 시작이 되어 더 많은 이들의 산책 이야기로 계속 이어지기를 바란다.

나에게 고맙다. 당신에게 고맙다.

오원

프롤로그 · 4

봄, 시작의 계절

마음속 산티아고 순례길 걷기 · 14

산책을 떠나기 전에 · 18

첫 스탬프를 받으러 가는 길 · 22

단순함은 우주의 힘 · 28

비움, 아침 단식 · 32

산책의 필수품, Walkman for Walk man · 36

손을 잡는다는 것 · 40

손을 잡지 않는다는 것 · 44

생은 꽃과 같아라, 산책은 꽃이어라! · 50

숫자 놀이 · 54

삶의 조각들을 사뿐히 지르밟고 · 60

어른이 학교가 있으면 좋겠다 · 64

The Show Must Go On · 70

여름, 존재의 위로

혼자가 좋다 · 78

마음 글자 따라쓰기 · 84

한여름 밤의 꿈 · 86

산책을 위해 산 책 · 90

인연: 여름 편 · 94

아침의 산책은 여행을 떠나는 길 · 100

잔물결 소리를 들으며 · 104

8월의 크리스마스 · 108

식물의 마음 · 110

그녀에게 · 114

가을, 애쓰는 마음

꽃을 걷는 마음 · 120

소심함의 소중함에 대하여 · 124

불쌍한 라떼들에게 · 130

애씀은 예쁨이다 · 136

가끔, 문득, 그냥 · 140

마음을 지탱하는 일 · 142

길 위에 좌판을 펴지 말자 · 146

오즈의 마법사 · 150

자기만의 방 · 154

혼자 산책과 함께 산책 · 156

마음의 소리 · 162

함께 걷고 싶은 사람 · 166

겨울, 새로운 서사

여자로 걷는다는 것 · 170

도시 산책자 · 176

메멘토 모리 · 180

"괜찮아"와 "괜찮네"는 한 끗 차이 · 184

언니라는 단어는 형과는 다르다 · 188

산책 맛집 · 192

인연: 초겨울 편 · 196

나의 그녀들에게 · 202

몸의 반란 · 206

괴물 · 210

생일 · 214

0과 1 사이, 당신과 나 사이 · 216

완주의 스탬프를 찍으며 · 222

에필로그 · 226

봄

시
작
의

계
절

●

마음속
산티아고 순례길 걷기

Blonker 〈Travelling〉

이 음악을 들으면 〈해리포터〉의 마법학교 호그와트 행 기차가 떠오른다. 익숙한 시간과 장소에서 벗어나 한 번도 경험해보지 않은, 이곳과는 다른 차원의 공간으로 여행하는 이들에게 어울리는 음악이다. 어둑한 새벽녘, 따뜻한 이불 속을 박차고 차가운 길 위에 발을 내딛는 당신의 출발을 응원한다. 어디로 가든, 어디에 도착하든 다 괜찮다. 마음속에서만 길을 잃지 않으면 된다.

길을 잃었다.

마음의 길을 잃었다. 사춘기 없이 10대, 20대를 보내서인지 마흔 넘어 만난 낯선 길이 당황스럽다. 분명 이 나이가 되면 모든 것이 분명하고 자신 있을 것이라고 믿었으니까. 적어도 내 삶이 어디로 가는지 정도는 알며 살아가는 사람이 되어 있을 거라고 생각했다. 그런데 내 인생 자체가 엉망이 되어버렸다는 느낌이 하루, 이틀, 한 달, 두 달…. 그렇게 시간이 가고 있었다.

내가 사실은 대단한 사람이 아니라는 것을 알았을 때, 영화 〈와일드〉의 리즈 위더스푼처럼 삶을 변화시킬 여행을 떠나거나, 〈먹고 기도하고 사랑하라〉의 줄리아 로버츠처럼 자신이 이룬 성공을 과감하게 포기하고 떠날 용기가 내게는 없었다.

나는 매일매일 출근해야 할 직장이 있고, 하루하루 살아내야 할 생계가 있다. 이것을 박차고 나갔다가 돌아왔을 때, 나를 기다려줄 직장도, 따뜻하게 맞이해줄 현실도 없는 중년의 나이임을 직시하고 있는 것이다.

인생의 버킷리스트라던 '산티아고 순례길'을 다녀온 친구가 있다. "다녀오니 어때?"라고 물을까 하다가 방향을 돌려 나 스스로에게 물어봤다. 나는 "똑같아"라고 대답할 것이다. 돌아왔다는 것은 '다시 살아내야 하는 것'이니까. 그런 대단한 용기를 낸 이들의 노력을 폄하하거나 별것 아니라는 식의 이솝우화 〈여우와 신 포도〉 같은 마음이 아니다. 다만 대단한 어떤 것보다 나의 가벼운 하루가 무거울 뿐이다.

마흔의 중반 즈음, 매일 걷는 산책길을 삶을 돌아보고 싶을 때 찾아간다는 '산티아고 순례길'처럼 걸어보기로 했다. 단순한 목표는 내가 산티아고 순례길을 걷는다면 나는 무엇을 생각하며, 어떻게 걸을 것인가? 어찌 되었든 걷는 일이라면 여기서 걸어도 되지 않을까? 시시할 수는 있다. 그래, 좀 시시하다. 매일이 걷는 길이잖아. 매일 산책하잖아. 그게 뭐 대단하다고 산티아고 순례길과 비교할 수 있을까.

그럼에도 드라마틱한 여행이나 대단한 경험만이 그 사람을 만드는 것이 아니라 하루하루 성실하게 걷는 걸음의 합이 그 사람의 삶이자 인생이라고 생각하게 된 것은, 대단해 보이는 사람들의 삶 또한 비슷하다는 것을 어렴풋이 깨닫는 나이가 되었기 때문인지 모른다. '대단한 것이 없는 것'이 인생이란 사실을 어스름하게 머리로 가슴으로 느끼는 나이. 그게 마음에 든다. 반면 그래서 삶이 허무하다.

산티아고 순례길은 800킬로미터. 내가 걷는 하루 1시간의 산책길은 보통 3~5킬로미터. 산술적으로 나는 365일의 산책을 통해(때때로 게으름을 부리거나 어쩔 수 없는 날들을 다 빼더라도 300일) 산티아고 순례길을 걷게 된다. 이렇게 생각하니 너무나 놀라웠다. 매일 순례자의 길을 걷는 것이다. 매일의 삶이 순례이고, 그저 똑같아 보이는 산책의 합은 산티아고에서 깨달음을 얻는 시간이다.

사실 걷는 일은 나의 습관이다. 나는 매일 아침 산책한다. 그런데 '산티아고 순례길 여행'이라고 생각하는 순간, 무언가가 달라졌다.

●

산책을 떠나기 전에

오늘의 BGM

패닉 〈내 낡은 서랍 속의 바다〉

어린 그 시절에도 어렴풋이 알 수 있었다. 심오하게 넓을 것만 같던 바다는 단지 내 서랍 속에 있는 것이고, 내 작은 서랍 속에는 너무 큰 바다가 존재한다는 것. 아주 가까이 있지만 한동안 내버려두었던 내 작은 서랍 안에는 여전히 거대하고 언제나 살아 있는 회오리치는 바다가 있다. 이제 낡은 서랍을 열며, 그렇게 길을 떠난다.

산티아고로 떠나든, 집 앞의 산책길로 떠나든, 마음의 준비가 필요하다. 나는 출발하기 전 약간의 설렘이 좋다. 설레는 마음에는 주저함이 담겨 있다. 먼 여행도 산티아고 순례길도 그 주저함을 극복해야 비행기 표를 예매할 수 있다. 아침 산책길 역시 주저함을 극복해야 문을 나설 수 있다.

나는 꽤나 오랫동안 '아침형' 인간이었다. 그래도 아침에 일어나는 일은 쉽지 않다. 5시 즈음 일어나서 물을 한 잔 마시고 커피를 내린다. 사실 커피는 냄새가 이미 절반의 매력을 다한다. 커피를 내릴 때 뜨거운 물에 닿는 순간, 그 신선한 '뜨거움'의 냄새를 담아 팔 수 있다면 아마 편의점 최고의 히트 상품이 될 것이다.

커피를 내리는 동안은 반쯤 감긴 눈에 조금 더 자고 싶은 마음이 교차한다. 커피를 한 모금, 두 모금 마시는 동안은 왠지 나가기 싫은 이상한 주저함이 마음에서 스멀스멀 올라온다. 특히 한여름의 더위와 한겨울의 추위, 비가 올 것 같다거나 오늘처럼 쌀쌀한 바람이 부는 날에는 이 주저함이 당위성을 부여받아 저항감으로까지 승격된다. 주저함이 극에 달하는 순간 세 번째 커피 한 모금이 넘어가고, 카페인의 부스팅으로 되살아난 '나가야 해'의 전격적인 압승을 예고한다.

만약 내가 산티아고 순례길을 간다면 나는 무엇을 가져가고 싶을까? 생각해보니, 당연 1순위는 스마트폰이다. 그리고 스마트폰의 앱으로 모든 것을 할 수 있겠지만, 지도와 나침반도 챙길 것이다. 아직은 아날로그 감성을 좋아하는 인간이라서 지도에 내가 간 길을 색칠하고, 나침반을 보며(아마 장식용이겠지만), 일기장에 일기를 쓰며 여행할 것이다. 내 영혼의 '길'을 찾아 떠나는 '방향'의 여행이니, 아마도 그 상징물로 가져갈 물건들일 것이다.

그래서 나는 산책의 '지도'와 '나침반'을 준비하러 오랜만에 문구점에 갔다. 가장 내 마음이 내 마음에 가까웠던 시절처럼. 30센티미터 자와 도화지를 샀다. 본 김에 12색 색연필 세트와 4B 연필과 지우개, 그리고 본 김에 카카오 프렌즈 캐릭터들의 스티커도 샀다. 나름의 지도를 손으로 그려서 하루하루 걸은 거리를 쓰고 스티커도 붙여가며 나만의 '산책 지도'를 만들어가기로 했다.

일상 속 산티아고 순례길 프로젝트를 위해 식탁 위에

산책 지도를 붙여놓았다. 커피를 마시며 눈이 마주칠 수밖에 없는 자리다. 커피를 세 잔 마시고 오늘의 날짜와 출발 시간을 기록한 후 집을 나서는 일. 그 순례길.

그렇게 먼 길을, 가깝게 떠날 준비를 했다.

●

첫 스탬프를
받으러 가는 길

오늘의 BGM

토이 〈새벽그림〉

1999년 1월 1일에 발매된 토이 4집의 수록곡이다. 중년의 유희열이 조금은 낯설 만큼 토이 시절 유희열은 발라드 가수로, 라디오 DJ로, 엄청난 인기를 누렸다. 요즘으로 치면 에드 시런 같은 존재였다고나 할까? 새벽녘 산책을 나설 때, 부산히 움직이는 사람들의 모습에서 세상의 활기를 느낀다. 이 노래는 내가 낯선 이들에게서 느끼는 감정을 고스란히 전달한다.

누구나 하는 것이 걷기이고 산책이다. 그러나 막상 시간과 거리를 정해놓고, 어쩌면 목표하는 마음까지 정하는 것은 여느 산책과는 다를 수 있다. 산티아고 순례길을 상상해보라. 특별할 것이 없는 길이지만 사람들이 특별하게 생각하기 때문에 특별한 길이 된다. 삶을 다르게 보는 건 스스로의 선택이다.

시계 알람을 끄고 운동화를 챙겨 신고 집을 나와 몇 걸음 걸으면 가장 먼저 마을버스 정류장이 보인다. 보통 산티아고 순례길은 프랑스 생장에서 시작한다. 나의 생장은 마을버스 정류장. 여기가 시작점이다. 오늘 하루의 순례길을 떠난다.

정류장을 지나 50미터 정도 걸으면 작은 인테리어(페인트) 가게가 나온다. 이 인테리어 가게는 이 동네에서 편의점을 제외하고 유일하게 불이 켜져 있다. 내가 집에서 나오는 시간이 6시 10분~6시 30분 사이인데 언제나 이미 환하게 불이 켜져 있다.

붕어빵 안에는 붕어가 없고 인테리어 가게에는 인테리어가 없다. 안이 훤히 들여다보이는 가게 안에서 사장님은 커피를 마시거나 신문을 보거나 그렇게 앉아 있다.

사장님은 모르겠지만 나는 거의 매일 보게 되는 그가 낯설지 않다. 아마 그는 수십 년 동안 이렇게 작은 가게를 하며 그렇게 아침을 시작했을 것이 틀림없다.

인테리어 없는 인테리어 가게의 화룡점정은 현관 앞의 화분이다. 인테리어 집인지 철물점인지 페인트 가게인지 모를 정리 안 된 가게 앞에 나란히 화분들이 자리하고 있다. 어두운 새벽에도 이 선명한 빨간색의 동백꽃과 핫핑크색의 시클라멘은 페인트통 화분에서도 빛을 발한다. 이로써 모던 인테리어가 완성된다. 환한 형광등과 터져나올 것 같은 붉은 꽃들의 화려함은 새벽의 어둑함을 배경으로 시크하고 도도한 완벽한 인테리어를 만들어낸다.

아! 이 집 정말 인테리어 제대로 하는 집이구나!

신호등을 건너 한강 입구로 가는 길. 여기는 마을버스 정류장이 아닌 일반버스 정류장. 이른 아침이지만 직장인과 학생으로 보이는 사람들이 하루를 시작하기 위해 분주히 버스를 기다리고 있다. 말할 필요도 없이 모두가 머리를 휴대폰에 박고 있으니 마치 다른 세계에 가 있는

좀비 같다는 생각이 얼핏 들었다. 아직 어두운 새벽녘 영혼이 빠진 껍데기만 남은 강시, 좀비가 떠올라 살짝 소름이 돋았다.

작은 빵집은 이미 빵을 굽기 시작한 모양이다. 불이 켜져 있고 빵 굽는 냄새가 난다. 그 옆에는 미용실이 있고 같은 건물에 동물병원도 있다. 코로나로 장사가 안 되어서인지 옛날통닭은 물론이요, 떡볶이와 순대 등 각종 분식까지 파는 '종합닭분식솔루션센터' 같은 찜닭집도 있다. 그리고 생뚱맞게 자동차 정비소가 있다. 과일 가게가 있고 그 옆에는 도통 정체를 모를 가게가 있다. '○○상사'라고 써져 있지만 무엇을 하는 곳인지는 모르겠다. 꽤 오래 그 자리에 있었던 것 같다는 생각은 든다.

이사 온 지 꽤 오래됐는데도 이 동네는 바뀐 것이 많지 않다. 하루가 멀다 하고 새로운 가게가 생기고 없어지는 일이 전혀 이상하지 않은 '소위' 잘나가는 번화한 동네와 달리 이곳은 몇 년째 그다지 변한 것이 없다. '번화'와 '변화'는 부자의 단어인가보다.

부동산에는 덕지덕지 무언가가 많이 붙어 있다. 꿈같은 숫자들이 쉽게 쓰인 시처럼 붙어 있다. 이렇게 시적인

'억 소리'라니. 잠시 멈춰 서서 평소에는 감상하지 않을 시들을 읽는다.

별 하나에 10억, 별 둘에 13억, 별 셋에 15억… 이네들은 너무나 멀리 있습니다. 별이 아스라이 멀듯이.

부동산 앞 시 낭송을 멈추고 다시 가던 길을 간다. 순례자에게 집은 어떤 의미일까? 순례가 끝나도 돌아갈 곳이 있어야 하는 것. 그것은 순례자의 운명이 아닐까? 집과 빚은 'ㅈ, ㅣ, ㅂ'이라는 순서의 조합을 바꾸며 안식과 한숨을 나눠 갖는다. 참으로 심술궂은 조합이 아닐 수 없다.

한 번도 자세히 본 적이 없었던 동네의 풍경은, 마치 어린 시절 학교에서 출석부를 부르는 느낌이다. 대체로 우리 반 아이들을 알고는 있지만 하나하나 선생님이 이름을 부를 때 새삼 저런 애도 우리 반이었구나, 우리 반에는 꽤 많은 사람이 있구나, 하고 처음으로 눈을 맞추던 기억이 떠오른다.

5년 넘게 살던 동네를 오늘에서야 처음으로 찬찬히 이름을 부르고 눈을 맞췄다. 새 학기 첫날 이름을 부르

듯, 동네의 존재들에게 이름을 불러주면서 산티아고 순례길 프로젝트를 시작하니 무언가 뿌듯하다.

어릴 적 '동네 그림일기'를 그리던 때가 생각난다. 슈퍼마켓 옆에는 미용실, 미용실 옆에는 꽃집, 하나하나 쭉 나열하며 한 칸 한 칸 간판을 달아주던 그림 지도. 어쩌면 그때 우리는 마을을, 공간을 온전히 소유했었는지도 모른다. 지도를 그리는 자가 마침내 그 공간을 소유한다. 지금은 구글과 네이버가 소유해버렸지만.

강변북로를 가로질러 나는 한강 입구로 걸어간다. 이 육교는 내게 현실의 삶 너머 '산책'의 의식으로 들어가는 분기점이다. 산티아고 순례길처럼 첫 스탬프를 찍는 관문인 것이다. 나는 나의 이 공간과 '나'를 소유하는 지도에 첫발을 내딛는다. 걸으면 비로소 보이는 것들이 있다.

●

단순함은
우주의 힘

오늘의 BGM

Stevie Wonder 〈Isn't she lovely〉

"소중한 것은 눈에 보이지 않는다"는 말처럼 스티비 원더의 이 노래는 눈이 아닌 마음으로 딸을 본 아버지의 마음이 느껴진다. 눈이 있다고 해서 모든 것을 볼 수 있는 것이 아니다. 움직일 수 있다고 해서 자유로운 것이 아니다. 어떤 마음을 갖는지에 따라 우리는 누군가가 그토록 원하던 것들을 퇴화시키며 살아가는지 모른다. 반면 '그럼에도 불구하고' 어떤 이들은 더욱 열렬히 세상을 보고 느끼고 사랑하며 살아간다.

솔직히 말하자. 난 이제 거창한 것을 이야기하는 것이 너무 '별로'다. 모든 것이 불분명한, 그리고 다분히 현실적인 요즘 일부 사람들의 거대한 꿈을 위해 나의 '작은' 삶이 무시되는 폭력이 싫다. 가진 자들에 대한 냉소라든가 성공하지 못한 사람의 변명이라고 말하고 싶다면 뭐 그렇게 말해도 상관없다. 나는 작은 것들을 사랑한다. 소심하기 때문에 작은 것을 사랑한다. 그래서 아무나 하는, 권태로운, 생산성 없는, 산책을 사랑한다.

헬렌 켈러의 에세이 《사흘만 볼 수 있다면》에서, 그녀는 한 시간 남짓 숲을 산책하고 온 친구에게 무엇을 보았는지 물었고, 친구는 "특별한 것이 없다"고 시큰둥하게 대답한다. 그녀는 이 책에서 사흘만 세상을 볼 수 있다면 무엇을 할 것인지를 써 내려간다.

처음으로 하고 싶은 것은 숲으로 오랫동안 산책을 가는 것이다. 둘째 날은 미술관과 박물관을 보고, 셋째 날은 사람들이 일상을 살아가는 평범한 도시를 보고 싶어 한다. 소소하고 평범하다 못해 지루한 산책은 누군가에게는 너무나 특별한, 세상에 단 3일만 볼 수 있는 '기적'을 가져야 가능한 행복이다.

눈으로 보는 사람들이 더 적게 보는 듯합니다. 볼 수 있는 이들에게는 어쩌면 온갖 색과 움직임의 전경으로 가득한 세계라는 게 대수롭지 않게 여겨질지도 모르겠습니다. 어쩌면 가진 것을 감사히 여기는 것보다 갖지 못한 것을 염원하는 모습이 오히려 인간적으로 보일 수 있겠지만 말입니다. 만약 내가 대학의 학장이라면, "눈을 사용하는 방법"이라는 필수 과목을 개설하겠습니다.

헬렌 켈러, 《사흘만 볼 수 있다면》 중에서

한동안 내가 꽃을 선물했던 친구들이 있다. 근육병을 앓는 청년들이 스스로에게 용기를 주는 자조 모임 '청년 디딤돌'에 어쩌다 보니 매년 꽃을 주게 되었다. 5월이 되면 모임의 총회가 열린다. 몸이 점점 굳어져가는 그들에게 바깥 여행은 무척이나 어려운 일이지만 중증보호 도우미나 부모의 도움으로 1년을 기다려 단 한 번 만난다.

핑크색이 잘 어울리는 서른 살의 '그녀'는 장애인 고용을 통해 대형 게임사에서 댓글이나 악플을 확인하는 일을 한다. 집에서 온라인으로 할 수 있는 일이지만 몸이 점점 더 굳어지고 있고, 업무 강도를 버티기가 힘들어져 곧 그 일을 그만둘 생각이라 했다. 그녀는 일본 여행을 꿈꾸고 있다. 언제 몸이 더 나빠질지 모르기에 빨리 월급을 모아 일본을 여행하고 싶어 했다.

스물여섯 살의 '그'는 사회복지사가 되기 위한 공부를 하고 있다. 손가락 근육도 거의 움직일 수 없지만 이 모임의 회장까지 할 정도로 적극적이고 똑똑하기 그지없다. 그의 큰 꿈도 '여행'이다. 타인의 도움 없이 혼자 떠나는 여행. 또는 친구와 같이 가는 여행.

그는 얼마 전 꿈을 이뤘다. 동해안 2박 3일 여행은 그가 몇 년간 기획했고, 부모의 도움을 받아 몇 번의 좌절 끝에 해낸 그의 '기적'이자 어떤 이의 쉬운 '일상'이었다. 그는 그 기적을 간직하기 위해 여행 준비부터 과정을 기록한 책을 만들어 내게 선물했다.

매일 길을 나설 수 있다는 것. 그것은 기적이다. 매일 아침 산책할 수 있다는 것. 그것은 오감을 영감과 연결시키는 내 몸과 감각의 완성이다. 이 특별한 작은 것을 완벽하게 느끼는 것. 그것은 사소하고 작아보일지 몰라도 거대한 우주를 품는 일이다.

●

비움, 아침 단식

Ennio Morricone 〈Gabriel's Oboe〉

오보에를 배우고 싶은 적이 있었다. 영화 〈미션〉에서 오보에는 천상의 미션을 수행해야 하는 구도자의 떨림을 그대로 전달하는 아름다움 그 자체였다. 만화 《노다메 칸타빌레》에서 오보에는 미완의 악기이며 미성숙에서 완성을 향해 고독하게 달려가는 악기라고 표현된다. 아침에 이 음악을 들으며 걸을 때면 내게 주어진 미션은 무엇인지 생각해보게 된다. 고독하게 삶을 걸고 있는 평범한 순례자들에게 완성을 향해 묵묵히 걸어가라는 천상의 음악과 같다.

오늘은 아침부터 점심 먹을 생각을 하며 걷기 시작했다. 사실 아침 산책에서 가장 '산티아고 순례길스럽다'고 느끼는 부분은 안타깝게도 배고픔이랄까? 순례길에서는 맥도날드의 빅맥을 먹고 싶다거나 스타벅스의 그린티 프라푸치노를 마시고 싶어도 당장 쉽게 먹을 수가 없다. 알베르게(순례자들의 숙소)에서 먹을 수 있는 음식에도 한계가 있다.

자신이 짊어지는 배낭 안에는 그날 해결할 수 있는 만큼의 음식을 담고 걸어야 한다. 어쩌면 우리도 매일 그렇게 생을 살아간다. 매일 먹을 만큼만 담고 걸어야 하는 생.

나는 아침을 먹지 않고 걷는 것을 좋아한다. 대신 물을 한 잔 마시고(이건 정말 억지로 노력하는 것이다. 이런 단순한 행위조차도 노력해야 가능한 참으로 게으른 인간이다), 커피를 들이켜야만 몸을 일으킬 수 있다.

자기 확신, 통제력이라는 단어는 체력과 비례하는 말 같다. 노화는 근력과 함께 자제력도 감소하게 하는 듯하다. 딱 커피까지 아니, 조금 더 허용하자면 초콜릿 두 조각으로 내 몸에 카페인과 포도당을 공급한다. 이로써 오늘 내 배낭 속 식량을 다 채운 것이다.

순례자들은 자신이 짊어지고 걸어야 할 무게로 인해 많은 음식을 포기한다. 먹는 일의 절제를 실천해야 더 멀리, 더 가볍게 걸어나갈 수 있다. 아침 산책도 그러하다. 조금만 많이 먹어도 몸이 무섭게 무거워진다.

아침에 무언가 먹고 싶은 유혹, 예를 들자면 너무나 좋아하는 빵집의 스콘을 사서 야식의 유혹을 참고 식탁 위에 올려두었다거나 지난밤 과음(과음이라 해봤자 맥주 한 캔 또는 와인 두 잔. 이상하게 많은 안주를 먹었음에도 불구하고 아침이 되면 심한 허기가 진다)의 여파는 뿌리치기 힘들다. 그럴 때 간단하게 밥이나 고구마 등을 챙겨먹는다면 그날은 그냥 식탁에 주저앉아 망설이다가 출근시간 부족으로 산책을 나가지 않게 된다. 그러니 어쩔 수 없다. 아침식사를 참고 걷는 수밖에.

공복에 걷는 느낌은 꽤나 좋다. 적당한 배부름이 만족감을 주듯, 적당한 배고픔도 만족감을 준다. 이는 아침 산책에서만 느낄 수 있는 최고의 축복이다. 어찌 되었든 잠을 통해 오늘이라는 하루 중 가장 '새것'에 가까운 몸을 데리고 나가 세상을 구경시켜 준다는 것은, 아침부터 내 육체에 '소화'라는 일거리를 던지거나 '자아성취'라는 이유로 숙제거리를 던지거나 견디지도 못할 과격한 운동으로 겨우 회복된 피로를 재현시키는 '기능과 훈련'의 일과는 거리가 있다.

하루를 시작하는 시간, 가장 새것에 가까운 몸으로 오늘을 구경시키는 일은 산책의 훈육이다. 순례자처럼 가볍게, 몸을 가볍게 해야 길을 나설 수 있다.

Breakfast: 아침 산책은 fast를 부서트리기 전에 하는 것이 좋다. 몸이 조금 더 가벼워지는 '하루 두 끼' 습관을 추천한다.

●

산책의 필수품,
Walkman for Walk man

오늘의 BGM

Frank Sinatra 〈My way〉

Regrets? I've had a few. 후회요? 조금 있었죠.
But then again too few to mention. 하지만 입 밖에 내서 말할 정도
는 아니죠.
I did what I had to do. 난 내가 해야 할 일을 했고,

너무 많이 들어 질려버릴 것 같은 이 노래가 어느 날 귀에 들어
오며 출근길에 펑펑 울어버렸다. 이 노래가 가슴에 와닿는다면
Regrets(후회들)이 이미 많은 나이인지도 모른다. 어떻게 살아야
하는가? 이 노래는 마음의 나침반이 되어준다. 적어도 내겐 그러
하다.

산책을 나설 때 반드시 챙기는 것은 휴대폰이다. 요즘에는 휴대폰이 내 분신처럼 느껴질 때가 많다. 산책하며 시계도 보고, 러닝 앱에 기록도 하고, 중간중간 보이는 풍경도 찍고, 자주는 아니지만 가끔씩 오는 전화도 받아주고 말이지. 이 모든 것을 하지 않더라도 휴대폰을 두고 집 밖에 나오는 것은 사실 잘 일어나지 않는 일이다.

예전에는 휴대폰의 자리에 '워크맨'이 있었다. 러닝맨도 아니고 워크맨이다. 얼마나 훌륭한 작명의 전자제품인지. 사실 들고 뛰기에는 조금 불편할 정도로 크긴 하다. 어찌 되었든 워크맨 이어폰을 귀에 꽂고 걸으면 세상 '간지'를 다 가진 시절이었다. 음악을 듣기도 하고 라디오 채널을 맞춰 듣기도 했다. 그때 그 친구는 손이 많이 가는 친구였지만 내게 무척 다정했다.

지금은 휴대폰에 러닝, 워킹 앱을 깔고 산책을 나선다. 걷는 거리를 기록하고 싶어서다. 누적 거리가 800킬로미터가 되면 산티아고 순례길을 완주하는 것이다. 앱을 통해 내가 어디까지 왔는지를 매일의 시작점에서 볼 수 있으니 편리하면서도 보람이 있다. 비슷한 의미로 구글 맵도 훌륭한 앱이다.

워크맨이라는 예전의 '걷는 친구'는 내 손이 많이 갔다. 요즘 매일 나와 함께하는 새로운 걷는 친구는 나를 손이 많이 가는 사람으로 생각할 것이다. 러닝 앱뿐 아니라 휴대폰 안의 모든 앱과 기능들이 나를 돌본다. 이제는 내가 손이 많이 가는 존재가 되어버렸다. 여기에는 좋고 싫음의 기분이 없다. 그저 시대를 따라 '내 손에 있는 것'이 '내 손을 잡아주는' 가장 좋은 친구다.

오래전 먼 순례를 시작할 때 그들은 나침반을 챙겼을 것이다. 나는 워크맨을 챙겼다. 그 다음에는 아이팟을 챙겼다. 그리고 지금은 휴대폰을 챙긴다. 가장 중요한 친구를 빠트렸다. 아니, 내가 잊어도 나를 잊지 않고 잘 따라올 친구. '고독'이다. 그것만은 세월의 변함없이 나를 잘 따라다닐 것이다. 어떤 길이든.

산책할 때 함께하면 좋은 앱: 러닝 앱은 꼭 뛰지 않고 걸어도 된다. 나이키 런 클럽과 아디다스 러닝이 가장 대표적인 앱이다. 이동한 거리와 구간, 시간, 고도, 소모한 칼로리까지 정확하게 알 수 있다.

또는 삼성이나 애플 등 휴대폰에 내장된 건강 앱을

써도 산책 메이트로 충분하다. 명상 앱 Calm을 들으며 느긋하게 사색하는 시간도 추천한다.

●

손을
잡는다는 것

Ennio Morricone 〈Sentimental Walk〉

영화 〈러브 어페어〉에서 아네트 베닝과 워렌 비티가 섬에서 걷는
장면, 그리고 서로에게 조금씩 빠져드는 장면에서 나오는 음악이
다. 사랑이 시작될 때, 사랑하는 이와 함께 걸을 때 잘 어울릴 것
같다. 엔리오 모리꼬네의 영화 음악은 마치 '손을 잡는' 두 연인을
표현하는 느낌이다. 가장 단순하게 가장 절절한 사랑을 표현하는
것이 손을 잡는 것이라면 그의 음악이 바로 그러하다.

세상에서 가장 로맨틱한 몸짓은 '손을 잡는 것'이다.

오늘 아침 산책은 오랜만에 우리 집을 방문한 여동생과 함께 걸었다. 손님 핑계로 산책을 생략할까 하다가 커피 한잔 하자며 동생과 길을 나섰다. 그녀는 눈을 뜨자마자 마시는 커피를 좋아한다.

얼떨결에 따라 나온 그녀는 카페가 왜 이리 머냐며 투덜거렸지만 나는 손을 내밀어 그녀의 손을 잡았다. 오랫동안, 아니 어른이 되어 여자 손을 잡고 걸어본 적은 기억에 잘 없는 듯하다. 하지만 그리 낯설지는 않았다. 그녀도 그런 듯했다. 동생의 손을 꼭 잡고 한강을 걸었다. 이제는 제부에게 내어준 동생의 손은, 어린 시절 언제나 내가 잡고 다녔던 그녀의 손이었다.

촉감이 발달한 나는(오감이 무디지만 촉감은 예민한 편이다) 손을 잡을 때 그 사람만의 느낌을 갖게 된다. 그녀의 아들, 조카의 태몽을 내가 꾸었는데, 꿈에서 도톰한 호랑이의 손을 잡았다. 실제로 내 동생의 손은 도톰하다. 그 느낌 그대로 태어난 그녀의 아들의 손 역시 매우 도톰하고 포동포동했다. 묘한 연결감이었다.

촉감은 그 사람의 피부로 살아온 삶에 대한, 태도에

대한, 고유의 느낌을 전달한다. 그리고 머리로 생각되거나 정의되는 것이 아닌 묘한 데이터의 저장방식으로 내 몸 어딘가에 차곡차곡 쌓인다.

두 사람이 손을 잡는 것은 서로에 대한 교감이다. 한 손은 한 손만 잡을 수 있다. 오직 그 두 사람만의 대화인 것이다. 손을 잡는다는 것은 하나가 되기 위한 배려고, 다른 한 '생'에 대한 느낌을 전달받을 수 있는 가장 확실하고 친근한 방법이다. 우리 신체 중 가장 많은 것들과 접촉하고 느끼는 손은 그 인생을 살아가는 사람의 가장 큰 대변인일 가능성이 크니 손을 잡는다는 것은 거창할 수밖에 없다.

그래서 이성이 사랑할 때(동성 간의 사랑도 다르지 않겠지만) 가장 로맨틱한 행위는 손을 잡는 것이다. 두 사람이 처음 시작하는 Touch이자 가장 마지막까지 이어가는 행위이며, '한 인간'으로서 이해의 행위이기 때문이다. 새로운 연인이 손을 잡는 것과 오래된 노부부가 손을 잡는 모습은 사랑의 다양함은 물론 인간애를 보여주는 가장 많은 것을 담고 있다.

나이가 들어도, 시간이 흘러도, 언제나 가장 설레는 일은 손을 잡는 것.

오늘은 동생의 손을 잡고 한참동안 걸었다. 봄이 오는 시절, 어린 시절의 손을 잡고 걸은 기억은 그렇게 위안이 된다.

손을 잡는 일은 사랑한다는 밋밋하고도 절실한 표현이다.

●

손을
잡지 않는다는 것

Michael Giacchino 〈Married Life〉

애니메이션 〈업〉의 오프닝 곡이다. 픽사의 천재성이란! 곡 하나가 시작되고 끝나는 4분 30여 초 동안 두 사람의 '생'과 '사랑'을 모두 담다니. 이 곡과 함께 흐르는 장면 하나로 영화 전체 아니, 인생에 대한 이야기를 전부 들은 듯한 기분이다. 사랑이란 무엇일까를 생각하며 걸을 때 듣고 싶은 음악이다.

아침 산책길에 혼자인 사람이 많다는 것은, 내게 아침 산책을 좋아하는 중요한 이유가 된다. 친구와 시간을 맞춰 나오는 듯한 수다스러운 아주머니들이 지나가기도 하지만 대부분은 이상스러울 만큼 다들 혼자 뛰고 걷는다. 이 모습이 내게는 편안하다. 나만 혼자라는 생각을 갖지 않게 해서인지는 몰라도 나는 아침에 외로운 사람들 틈에서 덜 외로워진다.

아주 가끔 노부부나 부부로 보이는 커플들을 돌아오는 길에 만나는 경우가 있다. 아침에 나이 든 커플들이 손을 잡고 걷는 것은 거의 본 적이 없다. 이와 달리 오후나 밤의 산책길에는 로맨틱코미디 같은 풋풋하고 설레는 청춘의 연애부터 연륜이 느껴지는 중년의 사랑, 세월과 감동이 더해지는 노년의 애정까지 사랑의 다양한 아름다움이 길가의 '반딧불 쇼'처럼 펼쳐진다. 그들은 모두 손을 잡고 나란히 걸어가는 뒷모습으로 '그로부터 그들은 오래오래 행복했습니다. Happy ever after'라며 무대를 퇴장한다.

손을 잡고 걸어간다는 것은 사랑의 '정체'가 아닌 움직임과 나아감, 그리고 생활과 밀접하게 사랑하며 살아가는 행위 그 자체를 상징하는 것이 아닐까? 안고 있는 동안에는 아무것도 할 수 없는 것과 달리 손을 잡고 걸어간다는 것은 '사랑하는 행위'와 '걸어가는 행위' 두 가지를 연결하기에 손을 잡고 걸어가는 커플을 보면 특별한 감동이 있다.

그런데 오늘 아침 산책길에서 조금은 다른 생각을 하게 되었다.

멀리서 전혀 다정해 보이지 않는 할아버지, 할머니가 걸어오고 있었다. 속도가 상당히 느리다. 대부분 맞은편에서 나를 향해 걸어오는 이들은 나의 속력과 상대방의 속력이 합쳐져서 빠르게 스친다. 누군지 인식할 필요조차 없을 만큼. 물론 나는 이러한 아침 산책의 '非관여성'을 즐긴다만, 저 멀리서 걸어오는 노 커플은 꽤나 오랫동안 관찰할 수 있을 만큼 느렸다.

천천히.

너무나도 천천히 두 점이 다가오지만 좀처럼 커지지 않는다. 오히려 궁금해진 내 발걸음이 빨라졌다. 할머니는 몸이 불편하신 듯했다. 다리가 좋지 않으신지 걷기가 매우 힘들어보였다. 할아버지는 약간의 거리를 유지하면서 천천히 걷고 계셨다. 할머니의 손을 잡아줄 생각이 없는지 뒷짐을 지고는 자신의 손을 잡고 계셨다.

꽤나 천천히 다가오는, 아니 오히려 내가 다가가고 있는 두 점은 마치 슬로모션으로 어떤 부분을 무한 반복하고 있는 듯했다. 그래서 알 수 있었다. 무심한 할아버지는 정확히 할머니의 걸음에 속력을 맞추고 있었고, 그의 눈은 마치 메트로놈의 추처럼 박자를 맞춰 그녀의 움직임과 몸짓으로 향하고 있었다.

느리기 때문에 알 수 있었다. 그는 그녀만의 시간을 지켜주고 있는 것이다.

그의 눈은 한시도 그녀에게서 눈을 떼지 않으면서 그보다 더 어려운 '지켜보기'와 '바라보기'의 따스함으로 거리두기를 하고 있었다. 그의 무뚝뚝한 다정함이 뭉클했다. 말로 다 설명할 수는 없지만 그의 거리두기는 손을 꼭 잡는 것보다 더 친밀했고, 그녀를 걱정하는 것보다 더 믿음직했다. 둘 사이의 공간, 그 여백이 그들을 더욱 단단히 잇고 있는 듯했다.

처음으로 손을 잡지 않고 걸어가는 커플을 보며, 손을 잡고 걸어가는 두 사람보다 더 진한 연결을 보았다. 어쩌면 연결되어 있지 않은 연결이 더 간절할 수 있겠다는 생각을 했다.

언제나 손을 잡아줄 수 있을 것이라 믿는 청춘의 사랑, 젊음의 사랑이 서로의 존재에 대한 의존이라면, 언제 먼저 떠나 더 이상 손을 잡아주지 못할 노년의 사랑은 서로의 존재에 대한 독립일지도 모르겠다. 존중하기 위한 '손 놓음'이었을지도.

그러고 보면 손을 잡고 있는 동안에 누군가를 생각하는 것은 오히려 쉬운 일이다. 손을 놓은 상태에서 누군가를 생각하는 것은, 육체에 메인 '인간'이라는 한계가 있는 존재에게는 더 노력해야 가능한 일인지도 모른다.

나는 느릿한 두 점을 지나왔다. 그리고 뒤를 돌아보았다. 할아버지는 여전히 뒷짐을 쥐고 자신의 손과 손을 맞잡고 있었다. 그의 손에는 안쓰러운 그녀에 대한 연민과 세월을 향해 견뎌온 자신에 대한 사랑이 느슨하게 교차하고 있었다.

누군가의 손을 잡는다는 것, 그리고 누군가의 손을 잡지 않는다는 것.

　그 연결의 애잔함을 눈으로만 확인하려는 나의 어리석음의 한계를 환하게 본 아침이다.

●

생은 꽃과 같아라,
산책은 꽃이어라!

오늘의 BGM

Ryuichi Sakamoto 〈A Flower is not a flower〉

생은 꽃과 같아라. 한없이 아름답고 한없이 무용한. 내 무용함의
유용함을 떠올리고자 할 때, 아름다운 꽃처럼 아름다운 류이치 사
카모토의 피아노 연주곡이 역설적으로 나의 무용함을 대변해준다.
우리는 각자의 유용함으로, 각자의 아름다움으로 살아간다.

나의 대부분의 날들은 우울하다.

가끔, 아니 자주, 점점 내가 우울증이 아닌가 생각한
다. 아주 간헐적으로 우울증이라고 단정하기 직전에 한
번씩 행복하다고 느낄 때가 있다. 마치 죽기 직전의 식물
에게 물을 듬뿍 주면 갑자기 생생해지는 것처럼, 행복한
고문은 우울의 일상화가 절정에 달할 때 한 번씩 오는
열대성 소나기 같다.

산책의 좋은 점은 걸으면서 '행복해졌다'가 아니라
'우울함을 받아들이기 쉬워졌다'는 것이다. 삶의 허무함
은 산책의 허무함과 흡사하다. 어차피 돌아올 길을, 그
것도 똑같은 길을 뭘 그리 매일 다녀야 할까. 그런데도
매일 똑같은 길을 나서면 한 번도 같지 않은 내가 있고,
타인이 있고, 세상이 있다. 그냥 걷는 것이고 그냥 사는
것이다. 적어도 나는 그럴 때 덜 우울해진다.

산책은 무용한 삶에 대한 우울함의 연습이다. 뭐든
연습하면 좋아진다는 말이 맞다. 내 삶이 유용해지는 것
이 아니라 무용한 것이 산책처럼 나쁘지 않다는 것을 깨
닫게 된다.

꽃을 하던 시절이 있었다. 꽃시장에 가서 한없이 '화
폐화'된 꽃에서 의미를 찾아보기도 하고, 꽃들에 의미를
붙여 다시 포장하는 작은 모퉁이의 '꽃집 아가씨'라는
사치스러운 가난한 명예를 가져본 적도 있다. 매일 죽는
꽃을 보며 나는 죽음을 받아들이는 연습을 했다. 삶의
소멸을 연습했다. 어떤 예쁜 꽃도, 어떤 피어나는 꽃봉
오리도, 결국 일주일 정도의 시간차로 쓰레기통으로 들
어갈 때는 언제 그런 시절이 있었냐는 듯 시들어버린 모
습으로 짐이 되었다.

매일 꽃을 사고, 꽃을 다듬고, 꽃을 만들고, 꽃을 버렸
다. 그 사이에는 꽃을 사는 사람과 꽃을 보는 사람이 책
갈피처럼 끼여 있었다. 인간의 생을 보는 데는 100년의
시간이 걸릴지 모르지만 대부분의 시장에서 산 꽃은 일
주일의 시간이면 충분하다. 꽃의 생을 몇십 번, 몇백 번,
몇천 번을 만났다. 그 허무함이 삶이라는 것을, 그것이
허'무無'는 아니라는 것을 아이러니하게 매일의 소멸을
통해 '살아감'을 배웠다.

거창하지 않은 산책은 꽃과 같다. 대단한 여행지가
아닌 산티아고로 포장된 나의 소소한 산책길은 꽃과 같

다. 아무리 꽃이 아름답고 중하다 한들 요즘 시대에 누가 꽃을 사는가, 누가 꽃을 보는가, 누가 꽃을 읽는가. 하지만 누구에게나 꽃이 있다.

나의 산책길은 나의 산티아고 순례길이다. 매일 꽃을 다듬고 포장하던 마음으로 나는 길을 나선다. 새벽마다 꽃시장에 갔던 습관으로. 일주일간 한 생의 바퀴를 돌듯이 산책에서 돌아올 때 한 생을 걷고, 느끼고, 생각한다. 내일은 그 다음 생을 생각하리라.

산책 마니아였던 버지니아 울프는 《댈러웨이 부인》에서 저녁만찬 초대를 위해 꽃을 사러 꽃집에 간다. 꽃을 산다는 것은 그 생을 사는 것이다. 꽃을 사기 위해 거리를 나서는 행위는 꽃이 목적이 아닌 자신의 인생에 대한 산책이며 의식의 흐름에 대한 명분이다. 내 의식과 삶과 시간에 꽃을 주는 것. 그것이 버지니아 울프가, 그리고 우리가 우리에게 부여하는 '산책'의 의미다.

산책할 때 꽃을 보자. 또 다른 생의 의미가 느껴진다. 아침에 시장에 나서는 꽃집 주인처럼 매일의 돈 버는 일이 삶일지라도, 그 삶 속에 꽃이 있다. 산책이 있다.

●

숫자 놀이

오늘의 BGM

왕페이 〈夢中人〉

영화 〈중경삼림〉의 주제가. 구질구질한 건물들과 좁은 골목길 속에서 늘 어디든 부딪힐 것 같은 사람들. 시끄러운 도시 소음과 자동차 소리. 그러나 그 시절 홍콩은 아름다웠다. 언제나 반짝이는 불빛과 눈빛. 그것이 성장하는 홍콩이었고 아시아였고 우리들의 꿈이었다. 1990년대와 2000년의 홍콩은, 우리들은 '꿈속'에 있다.

내게는 20년 된 습관이 있다. 유통기한을 체크하는 일이다. 식품이든 화장품이든 어떤 물건이든 일상 속에는 '유통기한'이라는 커다란 단어가 박혀 있다.

유통기한이라 써진 숫자는 내게 큰 의미를 지닌다.

자신의 유한함을 알지 못하는 인간의 어리석음을 보는 섬뜩한 가르침이 일상에 널려 있다. 파리의 페르 라셰즈 공동묘지를 여행하는 관광객에게 '죽음'이 하나의 '상품'이듯, 제품의 유통기한은 그렇게 죽음을 일상에 세기고 있지만 많은 사람들은 숫자에 진지해지기를 꺼린다.

내게 생활 속에 박힌 유통기한은 '메멘토 모리Memento mori("죽음을 기억하라"를 뜻하는 라틴어)'라는 시간의 존엄함을 그보다 더 단호하게 말해줄 수가 없다. 그 연장선상에서 인간이 어떻게 무엇에 대한 시작과 끝을 알릴 수 있을까? 비록 그것이 상품이라 할지라도 그 끝을 단호하게 숫자로 단정하지 못하는 인간의 어리석음을 우리는 스스로 자초하게 된다.

그러나 한편으로는 유통기한은 너무나 즐거운 놀이이며 유희의 도구다. 언제나 좋은 숫자만 찾아내면 되니, 내게는 쉬운 복권이나 게임기와 같다. 대부분의 물건에 명시된 유통기한에서 마음에 드는 숫자를 찾아내는 것은 그리 어려운 일이 아니다.

〈중경삼림〉은 내가 가장 좋아하는 홍콩 영화다. 왕페이의 상큼한 매력이 넘친다. 놀라운 영화가 아닐 수 없다. 주제곡인 〈몽중인〉이 흘러나오면서 왕페이가 짝사랑하는 양조위 집에 몰래 가서 우렁각시 놀이를 하는 장면은 정말 압도적이다. 실제 촬영지는 너무나 볼품없는데도 청킹맨션과 그 주변은 왕페이와 양조위의 알콩달콩한 사랑스러움으로 일약 로맨틱한 장소가 되었다.

사실 이 영화에서 내가 가장 좋아하는 에피소드는 금성무의 유통기한 이야기다. 나도 유통기한을 체크하는 습관이 있다. 유통기한에 의미를 두는 것은 같지만, 꽤나 다른 관점을 가진다. 금성무는 5월 1일 통조림, 즉 정해진 날짜를 찾는 것이고, 나는 반대로 유통기한을 보며 나름의 해석으로 의미를 상상한다.

예를 들면 '그때 나는 무엇을 하고 있을까(유통기한은 미래의 날짜이므로)'를 생각하거나 또는 특별한 날을 찾으면 연도와 상관없이 그 숫자에 얽힌 누군가를 떠올린다. 생일인 친구와 가족, 좋은 추억이 있던 날, 예전에 만났던 사람들과의 기념일… 나는 사실 많은 것들을 숫자로 기억하는 편이다. 유통기한뿐 아니라 자동차 번호판 등 '랜덤'한 숫자들은 누군가를 떠올리는 기본 단서가 되는 경우가 많다.

그때마다 생각난 사람들에게 전화를 하거나 메시지를 보낸다. 물론 대상이 된 사람들은 뜬금없어 한다. 갑자기 무슨 일이냐고 하는데, 이유를 설명할 수는 없다. "오늘 유통기한 당첨 번호가 너였어"라고 말한다면 이상한 사람이 될 게 뻔하다. 그래서 무난하게 "그냥 생각나서"라고 얼버무린다.

아침 산책을 갈 때마다 오르고 내리는 육교에서도 숫자를 찾는 습관은 계속된다. 강변북로를 가로지는 육교 위에 올라서 다리를 건너는 순간 오늘의 순례를 끝맺게 되는데, 인간계로 돌아가기 전 나는 '나의 숫자'를 찾는다. 육교 위의 자동차들은 끊임없이 숫자를 밀어준다. 그럼 나는 숨은 그림을 찾듯이 눈을 크게 뜨고 눈이 빠질세라 숫자 사냥을 나선다. 지나가는 자동차 번호판들이 로또의 볼 같다.

오늘의 숫자는 7245. 어릴 적 살던 집 주소와 같다. 72-45번지. 도대체 어디에 떠 있다가 이 기억이 밀려온 것일까.

인간은 생각보다 똑똑하지 않아서 대부분의 비상식적인 일이 상식이 될 때는 신의 행동을 베껴온다. 예를 들자면 로또 복권 같은 것이다. 모든 현상에 이성과 근거를 찾는 인간이란 존재가 아무런 이유도 없이 '숫자 뽑기'를 통해 돈을 준다는 것은 참으로 미친 발상이 아닌가? 이해할 수 없는 비상식은 전세계에 걸쳐 대단한 '상식'으로 오랜 시간 통용되고 있다.

이것은 인간이 생각해낼 수 있는 것이 아니다. 무료해진 신이 아무 숫자나 넣어서 배분하고 그에 대한 사람들의 반응을 보는 게임을 하고 있지 않을까? 또는 보물찾기처럼 어떤 의미와 사건들을 숫자에 숨겨두고 숨바꼭질을 시키거나 또는 신이 너무 열심히 일해서 번아웃이 온 나머지 '사건'과 '일'과 '운'을 알 수 없는 알고리즘으로 배치하셨는지도 모른다.

어찌 되었든 인간은 신의 뜻도, 앞뒤의 사연도, 알고

리즘도 알지 못한 채 숫자를 뽑고 있다.

육교 위에 무수한 번호판이 지나간다. 회전 초밥집
처럼 신이 만든 숫자들이 도로라는 컨베이어를 타고 밀
려온다. 나는 오늘 이곳에서 어린 시절 아빠가 내 공부
방을 벽돌로 직접 만들어주셨던 그 집 주소를 집었다.
7245라는 숫자 뒤에는 어떤 상금이 있을지 기다려보자.

아침 산책에서 돌아오는 길에는 항상 육교에서 로또
하나를 산다. 이 숫자의 당첨금과 당첨 발표일을 알고
싶지만 신은 인간이 아는 방식의 상금도 날짜도 정하지
않는다. 신 마음대로다. 나는 그저 뽑기만 할 뿐.

●

삶의 조각들을
사뿐히 지르밟고

Hisaishi Joe 〈Merry-Go-Round〉

소심해서 주어진 대로 살다가 마녀의 저주로 90살 할머니가 되어
버린 소녀 소피. 늙음과 젊음이라는 기억의 파편이 모두 인생임을
이 노래가 흐르면 조금 더 가까이 느낄 수 있다. 내가 소심한 인간
이라서인지 소피가 받아들이는 현실들이 이해가 되면서도 안타깝
다. 그러나 '받아들임' 속에서도 충분히 성숙하고, 자신과 타인의
세계를 움직여가는 소피를 보며 내가 소피가 된 듯한 기분에 괜히
산책길의 발걸음이 가벼워진다.

처음에는 혼자 걸었다. 소리도 없이, 안경도 없이. 발가락 끝에 살고 있던 내 마음이 함께 걸어주고 있다는 것을 잊고 있었다.

마음이 작은 음악들을 불러냈다. 저 멀리 기억의 조각 속에서 둥둥 떠다니던 과거의 '나'라고 불렸던, 아니 믿었던 어떤 이들의 삶을 끌어와서 마치 아는 듯, 마치 겪은 듯, 마치 느낀 듯, 멜로디를 들려주었고 노래를 불렀다. 아는 척했지만 나는 그들을 알지 못했다. 분명 느낀 듯했지만 사실은 아니라고 말할 수 있었다.

그때는 그 조각이 나였고, 지금은 이 조각이 나다. 후회하느냐고? 그때 나는 그것이 최선이었다. 그때의 나에게(지금의 나에게) 어떻게 후회와 비난의 화살을 돌릴 수 있으랴.

Regrets? I've had a few, But then again too few to mention.

Frank Sinatra, 〈My Way〉 중에서

그 조각을 안고 가끔은 육교 위의 자동차 번호를 보

듯, 인위적으로 채집된 나란 조각을 가끔씩 끄집어내며 살 것이다. 그리고 오늘 하루를 곱게 접어 밤의 기억 속으로 꿈에 전송하면 신은 암호화한 '나'를 숫자로 변환한 후 다음날 아침 육교 위에 뿌려줄 것이다.

이왕이면 좋은 숫자를 잡자. 그때의 나는 그것이 최선이었으니까. 그리고 떠오르는 숫자의 기억 속에 꼿꼿하게 때로는 웃고, 때로는 울고, 때로는 무표정하게 걸어갔을 '나'라는 라벨링이 붙은 낯선 조각에게 박수를 쳐주자. 수고했다.

내 삶의 조각은 다른 사람의 삶에 들어가서 그 사람의 조각으로 다시 살아가고 있는지도 모른다. 나는 산책길에서 튀어 들어온 타인의 조각들을 '나'로 명명된 숫자로 발견했다. 꽤나 많은 숫자 속에 내 조각 역시 누군가의 삶 속에 튕겨져, 이제는 그 또는 그녀의 삶으로 살아가고 있을 것 같다. 나는 그렇게 다른 사람으로 살아가고, 다른 사람은 나로서 살아간다.

다행이다, 나는 나의 생을 살아가면 되니 말이다.

●

어른이 학교가
있으면 좋겠다

New Kids on The Blockk 〈Step By Step〉
+듀스 〈나를 돌아봐〉

오래전에도 아이돌이 있었다. BTS 같은 아이돌. 그 시절에는 뉴키
즈 온 더 블록과 백스트리트 보이즈가 있었다. 듀스와 서태지와 아
이들의 인기는 상상초월이었다. 나는 압도적인 서태지와 아이들
팬 앞에서 당당해지기 어려운 소심한 듀스 팬이었다.

아침 산책할 때 내가 가장 좋아하는 것은 '걷는 연습'이다. 우습게 들릴지 모르지만 사실 나는 내가 바르게 걷고 있는지 의문을 가질 때가 많다. 무엇보다 '바르다'라는 것의 정의를 모르겠다.

사람마다 신체 구조가 조금씩 달라 어쩌면 사람마다 모두 다른 방식의 걸음걸이가 필요한지도 모른다. 역학적으로 무릎과 발목, 무릎과 허벅지를 잇는 커다란 뼈들이 한 지점에서 받는 하중은 다리 길이와 모양마다 다름이 분명하기 때문이다. 그런 개인적인 차이까지 고려하면 답이 없으므로 '이렇게 걷는 것이 인간이라는 동물에게 좀 더 유익하다'라는 지점에서의 답이라도 얻고 싶은 심정이다.

바쁜 출근길, 누군가를 만나러 가는 길, 목적을 위해 이동하는 상황, 지친 퇴근길… 오늘 있었던 일들에 마음을 써야 하는 시간에는 내가 어떻게 걷는지에 대해 생각할 여유도 없다. 특정한 증상이나 통증이 없는 한 '걷는 방법'에 대해 관심을 갖기는 어렵다.

사람마다 다르겠지만, 적어도 나는 아침에 비교적 많은 생각이 리셋된다. 저녁은 그날 있었던 일들의 회고와 반성이 많은 반면 아침은 밤의 세계를 통해 걸러진 비교적 깨끗한, 또는 멍한 뇌가 평소에 보지 않은 것들을 보고 생각하게 만든다. 사실 아침 산책의 묘미는 낯선 이들의 걷는 모습과 심지어는 뒤뚱거리는 새들의 걷는 모습까지도 지켜볼 만큼 뇌가 청순해진다는 것에 한 표를 주고 싶다.

강아지를 산책시키는 50대쯤으로 보이는 중년 남녀의 걸음걸이는 차이가 있다. 이들 대부분은 강아지를 산책시키면서 운동하는 경우가 많다. 여성이 파워 워킹으로 강아지를 리딩하며 훈련시키는 씩씩함이 넘쳐난다면, 남성의 경우 이상하게 강아지에 끌려가는 느낌으로 걷는다. 이는 표정이나 행동이 아닌 앞에서 걸어오거나 나를 가로지르고 가면서 뒤에서 보게 되는 걸음걸이가 주는 지극히 주관적인 느낌일 뿐이다.

어딘가 몸이 불편하신지 걸음걸이가 힘들어 보이는 할아버지는 나와 약속이나 한 듯이 매번 같은 시간에 산책의 반환점에서 돌아오는 지점에서 만난다. 할아버지는 한쪽 다리를 끌고 종종걸음으로 열심히 걸으신다. 걷는 모습만 봐도 그가 얼마나 성실히 세상을 살아왔는지 그의 삶을 어렴풋이 알 수 있을 것만 같다.

나는 매우 전투적으로 걷는다는 이야기를 많이 들었다. 빠르고 쿵쿵거리면서 걷는다고 한다. 그러고 보니, 20대를 지나서부터는 한 번도 그런 말을 들은 적이 없는 듯하다. 그렇구나! 어떤 나이가 들어서는 더 이상 누군가의 행동에 피드백을 주지 않는구나. 예의든 무관심이든 사회적인 것이든 나에 대한 이야기를 해주는 이들이 없어지는 것이다. 그렇다면 나는 지금 어떻게 걷고 있는 것인가?

나이가 들면 들수록 '어른들의 유치원'이 있으면 좋겠다는 생각이 든다. 과목은 바르게 걷는 법, 잘 먹는 법, 손을 자주 씻고 낮잠을 자고 친구들과 싸우지 않는 법, 손을 들고 길을 걷는 법, 숙제를 해가는 것. 누군가가 말했듯이 우리가 살면서 지녀야 할 가장 중요한 것들을 유치원에서 배웠다. 하지만 어른이 되면 그 중요한 것들을 너무 '쉽게' 생각하며 살아간다.

수학문제를 풀고 컴퓨터 프로그래밍을 하고 영어를 유창하게 하는 일. 포토폴리오를 만들고 이력서에 쓸 경력을 만들고 옷을 잘 입고 멋진 몸매와 에티켓을 배우는 일들. 이런 '어른의 일들'이 더 어렵고 중요하다고 생각하며 모든 시간과 노력과 돈을 들인다. 그리고 그 결과물이 나를 규정하거나 타인을 평가하는 기준이 된다.

하지만 돌이켜 생각해보면 유치원에서 배우는 쉬운 일에는 '내'가 들어 있다. 나의 몸을 관찰하거나 다루는 방법은 한 세포의 결합체인 나라는 생명으로 살아가는 데 가장 중요하고 필요한 마음과 시간을 쓰게 한다.

특히 먹는 것, 걷는 것, 배변하는 것, 몸을 씻는 것, 말하는 것에 대해 어른인 우리는 얼마만큼 알고 있을까? 유치원을 졸업하는 순간부터 아무도 가르쳐주지 않는다. 그래서 나는 요즘 절실하다. 나라는 사람이 인간으로 행동하는 가장 기본적인 방식이 무엇인가에 대해 고민하고 있다. 어른이 학교라도 만들어야 하려나(만약 헬렌 켈러가 교장이 된다면 '눈 사용법'도 과목에 포함하지 않았을까).

한동안은 고요한 아침 산책 시간에 걷는 법을 연습해야겠다. 산티아고 어른이 유치원이라고 해두자. 작은 것부터 하나씩, 나 혼자만의 유치원에 등교하는 것이다.

유튜브나 블로거에서 본 바르게 걷는 방법을 적용해서 걸어보고, 오늘 몇 보를 걸었는지, 걷고 나서 무릎 통증이나 고관절의 움직임은 어떠했는지를 그림일기 쓰듯이 그려보고 써보리라. 누구도 내게 지적하거나 평가를 내려줄 사람이 없다. 그렇다면 내 마음이 흡족할 때까지 '걷는 것'을 배우는 유치원생이 되어야지.

바르게 걷는 법을 배우고 나면 그 다음에는 손을 30초 동안 열심히 씻기, 양치질을 하루 3번 3분 동안 하기 등을 연습해볼 생각이다. 너무 쉬워서 실패할 수 없을 것 같은 이 일을 잘하면 뿌듯할 것이다. 뜬구름처럼 흘러가는 내 삶에 중심을 잡아줄 것만 같은 생각이 들어 아이처럼 벌써부터 신이 난다.

새벽녘 아침 산책을 시작하는 지점에서 산티아고 어른이 유치원에 등원하고, 집으로 돌아오는 지점에서 퇴원하는 유치원 생활을 시작해본다. 엉뚱한 상상이지만 인생을 꼭꼭 씹으며 살아가기 위해서는 결국은 가장 기본적인 일부터 쫀쫀하게 잘해야 한다. 무용해 보이고 비생산적인 아침 산책을 시작한 덕분이다. 그것이 내가 아침 산책을 사랑하는 이유이기도 하다.

●

The Show Must Go On

오늘의 BGM

BTS 〈Life Goes On〉

각자의 나이에 맞게 삶을 정의하고 그에 맞게 나아가는 일은 참 소중한 것이구나 싶다. 정의란 것이 없는 모호함이 지혜가 되는 나이가 되니 그러한 사실이 조금은 반갑다. 이왕 듣는 김에 〈Dynamite〉도 연결해서 들으면 산책길에 몸을 흔들고 있는 나를 발견하게 될 것이다.

봄은 여왕이다. 언제나 모든 이들이 갈망하고, 사랑의 미소로 여왕의 귀환을 기다린다. 그녀도 그것을 알고 있다. 그래서인지 봄은 약간은 도도하며 오만하다.

봄은 품위를 지키며 마차를 타고 오기 전에 시종을 보낸다. 그녀는 가장 믿음직스럽고 신속하게 자신이 행차할 길을 닦아줄 전령을 보내 사람들에게 소식을 알린다. 한껏 기대를 고조시키는 그녀의 본능적 마케팅 전략이다. 그녀의 뜻을 알아채고 재빠르게 움직이는 충직한 시종은 '바람'이다.

꽃들이 제아무리 몰래 봄을 맞을 준비를 할지라도 바람에 실려오는 냄새까지 속일 수는 없다. 바람은 봄의 향기를 싣고 온다. 본능적 감각이 다른 동식물들에 비해 현격히 떨어지는 인간은 '기억'이라는 사고를 통해 생존의 데이터를 만들고 판단할 수밖에 없다. 이맘때 산책길에서 만난 봄바람은 대학교 1학년, 어른이 되는 길목에서의 낯섦을 환기시킨다.

대학교 1학년의 교양영어 수업. 무엇을 배웠는지, 어떤 수업이었는지는 기억이 나지 않는데 9시 첫 수업이었

다는 것은 생생하다. 공과대학에서 너무나 멀었던 종합
관에서의 1교시는 여러모로 시작 전부터 피곤하기 짝이
없었다. 언덕 쪽에 자리 잡은 종합관에서 수업을 끝내고
내려오는 길에 시원한 바람이 불었다. 그 바람에 벚꽃
향기가 실렸다. 벚꽃 향기를 맡으러 일부러 법과대학을
둘러 내려오곤 했다. 수업 내용은 기억이 없고 수업 들으
러 가는 길과 내려오는 길만이 기억의 대부분을 차지하
고 있다.

　1학년의 봄은 세상이 내 것 같기도 하고, 세상 무엇 하
나 내가 가질 수 없을 것 같은 묘한 불안감이 있었다. 이
것이 내가 가진 봄의 기억이다. 설렘과 불안이 벚꽃 날리
는 바람에 실려왔다. 내게 봄은 그렇게 각인되어 있다.
교양영어 수업에서 무슨 교양을 배웠는지 또는 무슨 영
어를 배웠는지는 전혀 기억이 나지 않지만 한 문장만은
기억하고 있다.

　"The show must go on."

　워낙 유명한 노래 제목이지만, 원문은 작가 겸 언론
인인 해리 골든의 에세이에서 비롯됐다. 바람난 아내
문제로 괴로워하다가도 무대에 설 시간이 되면 〈Vesti

la giubba(의상을 입어라))라는 아리아를 부르는 오페라 가수의 이야기다. 많은 노동자들이 작업장으로 향해 등골이 빠지게 일하고 자기만의 슬픔을 가진 어머니들은 그와는 무관하다는 듯 자식들을 등교시키는 이야기를 한다.

저자 자신이 어머니의 죽음으로 세상이 무너질 때, 자신의 세탁물이 빨리 도착하지 않는 것에 화내고 있는 손님을 향한 분노를 억제하며 '상대는 상대, 그 자신의 현실'인 세탁물에 충실하고 있다는 것을 받아들인다는 장면은 참으로 뭉클하다.

마지막으로 인도의 시성詩聖 타고르가 하인이 와야 할 시간에 나타나지 않아서 머리끝까지 화났을 때의 상황을 이야기한다. 반나절이 지나서야 도착한 하인을 잘라버릴 생각을 하던 타고르 앞에서 하인은 아무 일 없었다는 듯이 묵묵히 청소를 시작하고, 타고르가 "나가"라고 소리 지르자 하인은 아주 무겁고 나직한 목소리로 "제 어린 딸년이 어젯밤에 죽었습니다"라고 말하며 다시 청소를 이어간다. 그러고는 작가가 다시 한번 강조한다.

"삶은 어떠한 순간에도 계속되어야 한다."

이제야 어렴풋이 이 문장이 무엇을 의미하는지 알 수 있다. 그리고 고개를 끄덕일 수 있다. 가볍지 않은 말이었구나, 노래처럼 경쾌하지만은 않은 뜻이었구나. 시지푸스 언덕의 형벌이 무엇이었는지를 깨닫고, 고도를 끊임없이 기다리는 디디와 고고가 어렴풋이 이해가 되는 이 나이에 "The show must go on"은 봄바람처럼 가볍지만은 않다.

대학교 1학년 첫 학기에 받은 '봄의 숙제'를 아직도 풀지 못한 채, 문제만 겨우 이해했다.

걸음을 멈추면 안 된다.

여름

。

존재의 위로

●

혼자가 좋다

오늘의 BGM

성시경 〈제주도의 푸른밤〉 원곡: 최성원

"떠나요, 둘이서~" 사실 제주도는 혼자 걷기에 더할 나위 없이 좋은 곳이다. 제주도는 둘이 가든 셋이 가든 결국은 혼자서 삶의 무게를 짊어지고 걸어가는 '츤데레' 같은 여신의 섬이기 때문이다.

단지 하루를 걷기 위해 토요일 6시 15분 제주도 행 비행기를 탔다. 오늘의 산티아고 순례길은 제주도 사려니 숲이다. 7시 20분에 착륙하면, 제주공항에 '그녀'가 나를 만나러 나와 있을 것이다. 미국에서 여성학을 가르치고 있는 그녀는 방학이 되어 고향 제주도 집에 왔다. 나는 그녀와 '산책'을 하기 위해 제주도로 당일치기 순례를 왔다.

대학 시절부터 보아온 당찬 그녀는 예상대로 명문 대학으로 유학을 떠나 박사학위를 받고 미국의 한 대학에 교수로 임명받았다. 가끔 그녀가 나를 '언니'라고 부를 때, 심각한 마음의 지진이 일어난다. 내가 그녀의 언니가 되기에는 내 마음이 너무 잘 부서진다.

그녀는 내게 프란치스카 무리의 《혼자가 좋다》를 선물했다. 그녀 역시 '홀로 선다는 것'에 대해 많은 생각이 있는 듯했다. 그리고 불현듯 내게 이 책을 선물했다. 언어는 마음의 역설인 경우가 많다. 마음보다 표현력이 짧은 언어는 마치 유치원을 다니는 남자아이가 좋아하는 여자아이를 때리고 놀린다거나, 김유정의 《동백꽃》에 등장하는 점순이처럼 좋아하는 마음이 몸 밖으로 나오는 순간 딴청 부리기를 좋아한다.

사실 나는 《혼자가 좋다》라는 제목이 싫었다. 혼자가 좋지 않아서 억지로 혼자가 좋다고 세뇌하는 자격지심의 말 같아 싫었다. 그녀가 내게 이 책을 내밀었을 때 나는 그녀가 무척 힘들구나, 생각했다.

우리는 공항에서 만나 가까운 스타벅스 드라이브 스루에서 커피를 사고 당 떨어질까봐 초콜릿도 주문해서 곧장 사려니숲길로 향했다. 여름의 끝으로 향하는 비가 촉촉하게 내리고 있었다. 바캉스 시즌이 끝난 이른 아침이라서인지, 아니면 비가 올 것 같은 날씨 때문인지 사려니숲 주차장은 텅텅 비어 있었다.

옛 제주도 말로 사려니는 살안이, 솔안이라고 불리기도 하는데, '살' 또는 '솔'은 신령스러운 신역 또는 산명에 쓰이는 말이다. 즉 사려니는 '신성한 곳'이라는 뜻이다. 언제나 이 길은 매번 음한 기운이 있다. 뭔가 숲이 살아 있는 듯한 느낌이 들어 살짝 무섭기도 하다. 입구 표지판은 이런 나의 느낌적 느낌에 정당성과 신뢰성을 더해줬다. 역시 예감은 틀리지 않았어.

걷는 내내 나는 《올리버 색스의 오악사카 저널》을 떠올렸다. 올리버 색스가 미국양치류협회의 동료들과 멕시코 오악사카로 떠난 10일간의 양치류 탐사여행을 기록했다. 양치류 식물은 오래된 고등식물이다. 3억 5000만 년 전 용감하게 육지로 올라온 양치식물이 물과는 다른 땅에 단단히 뿌리를 내리고, 심지어는 번성해 지구를 정복하듯 뒤덮었다. 그 흔적이 화석으로 남아 석탄으로 우리 생활에 영향을 주고 있다. 지금도 2만 종 정도가 지구상에 존재한다.

엄청난 원시성과 생명력 그리고 적응력이야말로 올리버 색스가 양치식물에게 매료될 수밖에 없는 이유였다. 그 책을 읽고 나도 한동안 고사리를 먹을 수 없을 만큼 양치식물에 매료되었다. 책에서 묘사한 현장이 마치 사려니숲인 것처럼 내 눈에는 울창하고 쭉 뻗은 삼나무나 편백나무보다 고사리류라 생각되는 양치식물들이 더 눈에 들어왔다.

양치식물. 꽃이 피지 않고 포자로 번식하는 식물. 뿌리, 줄기, 잎을 가진 식물 중 지구상에 가장 먼저 나타난 식물. 그렇게 지금까지 살아남은 양치식물은 '혼자'였다. 암수가 만나 꽃을 피우는 것도 아니고, 서로를 의지하여 끈끈한 공동체를 이루는 것도 아닌, 그저 음지에서 조용히 자신의 방식으로 살아가며 역사를 찬찬히 기록해갔다. 올리버 색스가 왜 양치식물을 사랑했는지 아주 어렴풋이 이해할 수 있다.

높은 삼나무처럼 눈에 띄는 주인공 같이 보이기를 갈망하는 것이 아니라 눈에 띄지 않는 곳에서라도 최선의 적응을 다해 자신을 위해 살아가는 양치식물은 분명 또박또박 혼자 걸어가는 여자의 모습을 닮았다.

우리는 말없이 사려니숲을 트레킹했다. 때로 그녀는 삼나무에 대해 말했다. 그리고 쭉쭉 뻗은 숲의 울창함과 일제시대 때 강제로 계획되어 심겨진 삼나무의 역사에 대해 이야기해줬다. 나는 자꾸 이름 모를 고사리에 눈이 갔지만. 습한 날씨가 왠지 다행이란 생각이 들었다.

3시간 정도의 걷는 길에 우리는 약간의 비를 맞았고, 숲은 언제나 내가 제주도에 갖고 있던 '심술궂은 노처녀'의 이미지를 그대로 실현해주었다. 퉁명스럽고 불친절하며 무언가 억척스러운 혼자 살아내는 여자. 남자의 도움 없이 물질을 하고 산을 타며 햇빛으로 거칠어진 얼굴에 미소보다는 심술을 띠고 있는 그녀. 사람들이 가장 좋아하는 상냥하고 아름다운 그녀는 4월, 5월뿐이다. 대부분의 제주도는 변덕스럽고 짓궂다.

우리는 사려니숲길을 빠져나와 아무 말도 하지 않았다. 어쩌면 배고프고 습해서 힘이 빠졌던 것일 수도 있다. 어찌 되었건 이것도 다행이다. 그녀는 삼나무를 이야기했을 터이고, 나는 고사리를 이야기할 테니 말이다.

제주도는 고사리 같다. 음기 가득한 숲에서 가장 오래 살아내는, 혼자여도 강인하고 떳떳하며 당당하고 매력적이다. 제주도는 당당하게 '혼자가 좋다'라고 말할 것 같다. 그래서 나는 제주도를 좋아한다. 혼자가 진정으로 좋을 수 있는 섬. 양치식물과 제주도와 혼자 걸어가는 여자가 모두 닮아 있다.

그녀는 그 책을 나를 위해 선물했다. 이제야 제목이 마음에 든다.

●

마음 글자
따라쓰기

The Weekend 〈I Feel It Coming〉

아침에 이 노래를 들으면 상쾌하게 걷기 좋다. 많은 생각을 하고
싶지 않다면 귀에 잘 안 들리는 영어로 노래하는 발랄하고 경쾌한
음악을 들어보자. 기분도 좋아지고 더 많이, 더 빠르게 걷게 된다.
주말에 걷는다면 마룬5의 〈Sunday morning〉을 이어들어도 좋다.

습자지! 그런 물건이 있었다. 한글을 처음 배우던 1학년이었나? 글자 위에 얇은 비치는 종이를 올려두고 글자를 따라 베껴 쓰는 종이. 글자를 익히기도 하고, 예쁜 글씨를 연습했던 그 종이를 몇십 년 만에 떠올렸다.

아침 산책은 습자지와 닮았다는 생각을 한다. 약간은 투명한 듯, 약간은 불투명한 듯 뽀얗다. 생각도 마음도 멍한 상태에 길을 따라가면서 조금씩 윤곽을 그리고 그 선을 따라가다 보면 어느새 글자를 쓰고 있고, 문장을 쓰고 있고, 한 페이지의 글을 쓰고 있다. 그렇게 글자를 연습하고 배운다. 그러다 보면 아침 산책의 몽롱함 속에 내 마음이 윤곽을 보여준다.

태양이 뜨고 시간이 지날수록 습자지가 점점 의식의 색깔로 불투명해지는 순간, 나의 무의식이 보이지 않게 되어 따라쓰기가 힘들어진다. 그래서 아침에 눈뜨자마자 나오는 산책은 나의 무의식이 무엇보다 잘 비쳐져서 마음을 따라가기가 좋다. 돌아오는 길은 한 바닥 가득 마음의 글씨로 가득하다. 그저 길을 따라갔을 뿐인데, 그저 마음을 따라갔을 뿐인데.

한여름 밤의 꿈

Robin Williams 〈Friends like me〉

실사 애니메이션 〈알라딘〉이 선풍적인 인기를 얻었지만 내게
'Blue Genie'는 영원히 로빈 윌리엄스다. 나는 디즈니의 조연들을
사랑한다. 세바스찬부터 르미에, 콕스워스, 미세스 팟 그리고 칩,
품바와 티몬. 그중 최고는 지니다. 어른이 되어 디즈니 영화에 눈
이 가는 것은 주인공의 이야기도, 작품성도 아닌 주인공 곁에 있는
'친구들' 때문이다. 내게도 그런 친구가 있다. 나와 다르고, 내게
투덜거릴지라도 언제나 나를 걱정해주며 곁에 있어 주려는 그런
친구가 있다.

한여름은 아침 산책보다 밤 산책이 더 즐겁다. 비록 아침에 일정한 시간을 정해 걷기로 스스로 약속했지만 여름에는 밤에 걷는 것이 로맨틱하다.

작열하게 모든 것을 삼킬 것 같은 해가 이글이글 자기 분을 이기지 못한 채 마구 발열하다가 지쳐 나가떨어지면 그 등쌀에 못살던 '마음'이라는 지하 반란군들의 활동이 시작된다. 고백의 신은 낮 동안 낯을 들지 못하고 다니다가 밤이 되면 신나서 여럿 커플들을 들쑤시고 다니고, 흥청망청의 신은 신이 나서 맥주와 치킨 냄새를 풍기며 여기저기 삼삼오오 점을 찍어 좌표를 만든다.

오늘 밤. 나는 20년도 더 된 친구와 나란히 잠실호수를 걸었다. 여기도 벌써 지하 반군이 휩쓸어 갔는지 많은 사람이 약간의 거리를 유지한 채 걷고 있었다.

나와는 참으로 다른 친구다. 뭐 하나 같은 것이 없다. 그녀의 선택은 언제나 모범적이어서 어릴 때부터 우리 엄마의 '워너비'였다. 의사 선생님이 되고, 같은 병원의 선배와 결혼해서 딸, 아들을 낳아 잘 키우고 있는 그녀. 그녀는 언제나 나의 불안정한 선택, 불확실한 모험을 조용히 걱정해주었음을 나는 알고 있다.

그녀는 이 사회에서 가장 안정적으로 살아가는 것이 자신이 선택하는 가장 '자기다운 방식'이라고 했다. 그래서 나의 불안정한 선택들에 대해 언제나 걱정스러운 눈으로 '그건 하지 말았으면 해', '꼭 해야겠니?'라는 메시지를 표정으로 표현하지만, 그럼에도 늘 "대단하다"고 말해주는 친구다.

"나는 너를 통해 자유롭게 살아보는 것 같다. 내가 살지 않는 삶을 살고 있는 너를 통해서 나는 다른 세상을 보며 살고 있는 것 같아. 그래서 고맙고, 그래서 미안하다. 공짜로 너의 삶을 사는 것 같아서."

마스크를 써서 다행이다. 코끝까지 가린 마스크 덕분에 눈물이 나오자마자 마스크 안으로 쏙 들어가 손수건이 되어주었다. 나 역시 그녀의 삶을 그녀를 통해 살아가고 있다. 내가 살아볼 수 없는 삶을 같이 살아가는 것, 아마도 전생에 산책하며 나란히 걸었던 인연이 현생에서 친구로 다시 만났는지도 모르겠다. 별다른 말은 없었다. 편한 사이일수록 말이 필요 없는 듯하다. 침묵 사이를 걷는 것은 신뢰 사이를 걷는 것과 같다.

우리는 친구를 통해 다른 삶을 살아본다. 한 번뿐인

삶인지라 내가 택한, 또는 내게 주어진 삶에 열중하느라 살아보지 못한 다른 삶을 내 친구가 나를 대신해 살아간다. 그것이 기쁜 일이든 슬픈 일이든. 그 삶은 어쩌면 내가 약간의 지분을 가진 또 다른 나의 삶인지도 모른다.

둘의 산책은 밤이 좋다. 적막 사이로 둘만 비춰주는 달이 좋다. 한여름 밤에는 꿈을 꾸듯 친구와 길을 나서면 나의 삶과 그녀의 삶이 몇 번씩 교차되는 두 삶을 걷게 된다. 여름밤의 마술이다.

친구, 다른 길을 함께 걷는 사람.

●

산책을
위해 산 책

Elvis Costello 〈She〉

산책 중 가장 영양가 높은 십전대보탕 같은 산책은 '서점 산책'일 것이다. 사람들이 살아가는 모습과 생각들이 마구 섞여 한 첩의 한약처럼 제조되어 진열된 책방. 나에게 맞는 처방전을 찾아 서점의 책 사이를 걷노라면 약 냄새가 나는 듯하다. 영화 〈노팅힐〉 속 작은 서점은 세상에서 가장 낭만적이다. 서점 산책할 때 꼭 이 노래를 들어보자. 혹시 누가 아나? 그런 마법 같은 일이 내게도 일어날지.

아침 산책의 팬클럽을 모으기 위해 서점에 갔다. 그도 그럴 것이 아침에 산책하는 사람은 대부분 소심하거나 '사회부적응자형' 인간들이니 잘 모이지도, 잘 드러나지도 않는다. 산책하는 동료든 동지든 친구를 만나는 것은 쉬운 일이 아니다. 산책자들은 대부분 책에 박제되어 있어서 내가 만나러 가는 수밖에 없다.

나는 급히 읽을 책을 제외하고는 전자책이 아닌 종이책을, 그리고 온라인 주문이 아닌 서점에 가서 책을 산다. 어쩔 수 없는 구식 인간임을 인정한다. 서점에 가는 순간 나는 길을 잃는다. 사려던 책이 무엇인지를 잊고 세상을 구경 다닌다. 괜찮다, 그러려고 서점 산책을 하는 것이다. 내게 책이란 훌륭한 내용을 넘어 종이라는 '한계적 껍데기'를 가지고 지극히 현실적인 '매대'라는 공간에서 끊임없이 비교되며 '시간'을 보내는 처량하고 가여운 물리적인 존재이기도 하다.

서점 산책은 흥미롭기 그지없다. 코스를 어떻게 짜느냐에 따라 대형서점이 적합하기도 하고, 작은 독립서점이 좋기도 하다. 대형서점에는 돈의 기운이 떠돌아다닌다. 그 기운이 세상을 움직인다. 나쁜 것이 아니라 현실적인 것이다. 돈의 기운과 에너지를 가득 채워 구석구석 매대에 누워 있는 책들을 돌아본다. 건강, 정치, 사회, 경제, 소설, 에세이, 잡지 등 거의 모든 이야기가 다 있는 곳이 서점이다. 살아가는 모든 인간의 생각들이 종이에 몸을 빌려 시장에 자기를 팔러 나와 있다.

독립서점들은 산티아고의 샛길을 걷는 것만 같다. 잘 알려지지 않았지만 저마다의 사연과 풍경이 있는 책을 발견하는 기쁨이란, 아무도 없을 것 같은 길에서 만난 치히로(센)와 숯검댕이들, 앨리스와 토끼, 토토로와 메이가 된 듯한 기분이 든다. 외롭고 소심하며 특이하고 지랄맞은 내가 같이 걸을 사람을 만난 것만 같다.

서점을 느긋하게 산책하다 보면, 책을 보는 사람들에게 눈이 간다. 무슨 책을 읽고 있는지, 무슨 책을 찾고 있는지, 어떤 자세로 읽고 있는지, 어떤 사람과 함께 온 것인지. 하지만 깊이 눈길을 주지는 않는다. 나는 나의 길을 가는 산책자이고, 그들 역시 그러하니. 산책길의 한 오브제로서 살아 움직이는 인간을 만나는 것은 반가운 일이나 말을 걸거나 진한 눈길을 주는 것은 성가시고 귀찮을 뿐만 아니라 때로는 실례가 된다.

욕망 가득한 생각들이 자본주의의 옷을 입고 뒹굴고 싸우고 바쁘게 움직이고 멍 때리고 낮잠을 자는, 때로는 만화영화 속 주인공들과 낯선 길에서 조우하는 서점을 구경하는 일은 무척이나 즐거운 산책이다.

그날 만난 나의 아침 산책 동지들을 소개하자면, 헨리 데이비드 소로우의 《월든》은 취향이든 아니든 한번은 읽어야 하는 산책계의 '묻지 마 리스트' 같은 책이다. 김영민 교수의 《아침에는 죽음을 생각하는 것이 좋다》는 왜 아침인가를, 왜 아침 산책인가에 대해 답해준다.

다니구치 지로의 《산책》은 산책에 관한 만화 중 일품이다. 필독을 권한다. 프레데리크 그로의 《걷기, 두 발로 사유하는 철학》도 유명하다. 니체와 칸트의 산책 차이만큼 그들의 철학은 다르다. 우연히 발견한 한정원의 《시와 산책》은 예쁜 책이었다. 시인의 잔잔하고 차분한 마음이 고스란히 느껴진다. 가장 추천하는 책은 버지니아 울프의 《런던을 걷는 게 좋아, 버지니아 울프는 말했다》라는 런던 산책 에세이다. 당신의 도시에서 버지니아 울프처럼 걸어보기를 기대한다.

●

인연:
여름 편

〈La Vita è Bella〉

추억의 영화 〈인생은 아름다워〉의 OST다. 이 영화가 아름다운 이유는 결론이 아닌 매 순간에 웃음을 잃지 않는 한 인간의 순간순간의 사랑이다. 오늘 당신의 삶에 대한 사랑이 뮤직비디오가 된다. 이 음악에 맞춰서!

날이 흐린 날 산책하면 지렁이들을 자주 만난다. 길고 꿈틀거리는 움직임을 좋아하지는 않는다. 하지만 흐린 날 땅속에서 땅 밖으로 나와 부지런히 어디론가 이동하는 지렁이들을 보면 새삼 보이지 않는 곳에 살고 있는 다른 존재들을 생각하게 된다.

언제나 보이는 것만 존재한다고 믿을 때가 있다. 그러다 갑자기 나타난 지렁이를 보면 놀라게 되지만, 사실 지렁이는 땅속에 항상 존재하고 있었고, 오히려 우리가 그의 영역에 출몰하여 우연히 만난 것뿐이다.

땅 위로 파견된 지렁이는 대기에 포함된 '외로움'이라는 성분을 흡수해서 지하의 에너지로 분해해주는 임무를 맡았다. 지렁이의 몸이 긴 것도 기차처럼 칸칸이 많은 외로움을 싣기 위한 것이다. 외로움은 인간의 주 부산물인지라 지렁이들이 땅속을 뚫고 나오는 것인데, 인간이 많은 지역에서는 그만큼 외로움을 채집하기는 좋으나 잔인하게 학대당할 위험성이 매우 크다.

즉 '외로움 채굴'은 매우 어려운 만큼 채굴자에 대한 보상이 쏠쏠하다. 하지만 순도 높은 외로움이란 많지 않다. 대부분 욕망과 허영과 거짓이 섞인 불순물 덩어리다.

짝퉁 외로움이 대부분이라 순수 외로움을 채집하는 것은 매우 어렵지만 땅 위로 파견되는 지렁이들은 고수익 선망 직종의 도전적인 엘리트 직업이다. 우리는 지렁이를 너무 몰라본다.

오리들이 가끔 물에 머리를 처박고 한참을 나오지 않을 때가 있다. 왠지 무언가 건져 올릴 것 같은 기대감에 나는 멈춰 서서 오리가 올라오기를 기다린다. 아침부터 부지런히 먹이를 낚아 올리는 오리에게 괜한 동질감을 느끼면서 출근의 압박을 느끼기도 한다.

기다리던 오리가 물고기를 낚아서 올라오는 것을 보는 것은 꽤나 드문 일이다. 몇 번씩 머리를 처박고도 허탕을 치는 오리를 보며 짠해지는 것은, 만화영화 〈아기공룡 둘리〉를 보며 '고길동이 불쌍하다고 느껴지면 그것이 어른이 되는 때'라는 느낌과 크게 다르지 않다. 오리들 역시 한강철교를 지나는 기차나 출퇴근 시간의 지하철에 갇힌 인간군상을 보며 벌어먹고 사는 일의 힘듦에 대해 동병상련의 괴로움을 느낄 것이다.

낚시하는 사람을 통해 물고기를 만나기도 한다. 놀랍

게도 한강변에는 낚시하는 분들이 많이 있다. 새벽이나 아침에 낚싯대를 보는 것은 흔치 않다. 오늘은 새벽 낚시하는 사람도 만났다. '어떤 연유로 여기서 이 시간에 낚시를 하는 걸까'라는 생각은 사실 금방 '도대체 무슨 물고기가 이 강 아래 사는 걸까'라는 생각으로 이어진다.

미끼라는 것이 그 동물의 욕심이 아닌, 본능이라는 측면에서, 욕심도 내지 않았는데 찌를 문 것을 재수라고 표현하기에는 그저 처연하고 불쌍하다. 은빛 비늘을 가진 멋진 물고기가 하늘과 빛을 향해 큰 포효를 하고 생을 마감한다.

같은 내용인데 물고기가 주인공이냐, 낚시꾼이 주인공이냐에 따라 편집이 달라진다. 주인공 물고기가 물 밖으로 튕겨져 몸이 아침 햇빛에 반짝이는 장면에서 그 뒤의 장면들은 모두 잘라내고 여기를 끝으로 엔딩 자막을 올리기로 한다. 물고기가 주인공인 이 영화는 여기서 끝낼 것이다. 딱 여기까지다. 더 이상의 슬픔과 기쁨은 남은 존재의 것이고, 타자의 것이며, 주체가 아닌 객체들의 판단일 뿐이다. 각자에게는 최고의 순간이 있다. 우리는 그 최고의 순간들을 존중해주는 관객일 뿐이다.

산책길에서 만나는 동물들은 사실 사람들보다 더 내 마음을 이해하는 듯하다. 말하지 않지만, 가식적인 위로를 '사회적'이라는 수식어로 치장하지 않은 채 있는 그대로 알아준다. 힘들면 힘든 대로, 불쌍하면 불쌍한 대로, 있는 그대로 살아가는 모습을 보여주는 그 녀석들에게 나는 오히려 '찐' 위로를 받는다.

아침 산책을 하며 생 그 자체로 존중받는 영화를 수없이 찍어본다. 나는 산책길 위의 작가이자 감독이다. 모든 생물이 가장 아름다운 장면에서 편집을 한다. 내가 만드는 세상이다. 이왕이면 'Life is beautiful'로 편집해 본다.

열아홉 번째 산책

●

아침의 산책은
여행을 떠나는 길

오늘의 BGM

전람회 〈여행〉

중년의 라떼 음악이라 해도 어쩔 수 없다. 이제는 같은 중년이 되어버린 김동률, 서동욱의 전람회. 이 노래 속에는 그들의 신선한 목소리가 담겨 있고, 보너스로 신해철의 보스 같은 목소리도 들린다. 그때의 마음처럼 시간을 여행하든 일상을 여행하든 여행할 때만큼은 신선한 설렘의 마음이 되고 싶다.

사실 여행을 그다지 좋아하지 않는다. 기회가 닿아 꽤나 여러 나라와 도시를 돌아다녔지만, 나는 여행에서 큰 기쁨을 느끼는 사람은 아니다. 여행은 언제든 돌아올 시간과 장소가 있다는 것을 전제로 한다. 일상과 여행의 차이는 비일상이 생기는 시간과 공간으로 떠나는 것을 의미하는데, 사실 새로움도 끝이 정해져 있다. 그렇지 않다면 다시 정해지지 않은 일상이 되는 것이란 생각에 나는 여행을 '처음과 끝이 정해진 낯섦'이라고 마음속에 정의한다.

코로나로 여행하지 못하는 시간이 길어지고 있다. 솔직히 나는 오히려 '여행을 가야 한다'는 압박에서 벗어나는 계기가 되어 은근 덜 외롭다. 여행을 좋아하지 않거나 그다지 즐기지 않는다고 하면 사람들은 성격에 문제가 있거나 사회적이지 못한 사람으로 치부하는 경향이 있다. 적어도 이 부분에서는 자유로워졌다.

모든 여행이 그렇듯 좋은 일만 있지는 않다. 소매치기를 당하기도 하고, 바가지를 쓰기도 하고, 길을 잘못 들어 헤매기도 한다. 불편함이나 약간의 불쾌함, 부당함이 여행지에서는 그저 다행이려니, 추억이려니, 그마저도

즐거움이려니, 생각하며 미화된다. 쓸쓸함은 있을지언정 후회나 원망은 없는 것이 여행자의 기본 마음가짐이다. 그럼에도 불구하고 오길 잘했다거나 돌아오는 길에 벌써 다음 여행지를 잡는 것이 여행자의 마음일 것이다.

그러나 여행지 역시 누군가의 일상이다. 나는 하와이에서 2년 정도 산 적이 있다. 여행자에게는 최고의 장소지만, 그곳에 사는 사람들에게는 일상이며 직업이며 루틴이다. 결국 여행이란 자기 마음의 조건들을 낯설게 만들어주는 것이다. 환경을 낯설게 바꾸는 것이 가장 쉽다. 소소하지만 일상을 낯설게 바꿀 수도 있다. 바로 산책이다. 산책 또한 여행이 된다.

아침 산책을 한 달쯤 기록해보니 생각지도 못한 작은 여행기를 갖게 되었다. 출근 시간이 바빠서 길게 못 쓴 날도 많긴 하지만, 산책에서 돌아오자마자 적어둔 감상의 20분짜리 글들과 주어온 나뭇잎이며 낙엽, 꽃들을 붙이고 기분 좋으면 스티커까지 붙여놓은 스크랩북이 있다. 휴대폰으로 찍은 풍경 사진을 출력해서 함께 붙이니 나만의 포토 에세이가 되었다. 아침 산책은 멋진 여행이었다.

엉뚱한 상상인데, 사실 우리는 우주의 어떤 별에서 지구로 여행온 외계인들이 아닐까? 모두 외계인인데 여행온 사실을 잊고 '지구인'으로 착각해서 지겨운 일상을 반복하며 살고 있는 것은 아닐까? 가끔 마음이 맞는 사람을 만나거나 첫눈에 반하는 기적적인 일이 일어난다면, 그 사람과 같은 빛을 타고 지구에 당도한 여행 동반자이거나 같은 별에 살았기에 그 익숙함에 끌린 같은 종의 외계인인지도 모른다.

그런 면에서 어차피 여행이라면 좀 더 관대하고 신나게 해보는 것은 어떨까? 처음과 끝이 있는 낯섦이 여행이라면 일상도 보기에 따라 충분히 낯설어질 수 있다는 것을 아침 산책을 통해 확연히 배워간다.

나같이 소심한 사람은 이렇게 간소한 여행이 좋다. 매일매일 할 수 있는 여행이 좋다. 아무 옷이나 입고 나가도 되고 돈이 들지 않아서 더욱 좋다. 무엇보다 어제의 나를 통해 오늘의 내가 조금 더 나아지는 느낌이, 누군가와 비교해서가 아닌 스스로의 마음에 드는 그 기분이 좋다. 내가 조금은 더 맘에 드는 나 자신이 좋다. 그런 아침이 좋다. 그래서 나는 내일 아침도 걷기로 했다.

스무 번째 산책

●

잔물결
소리를 들으며

오늘의 BGM

Yuhki Kuramoto 〈Lake Louise〉

강을 따라 걷는 것은 잔물결의 소리를 듣기 위해서다. 월든 호수이든, 루이스 강이든, 한강이든. 잔물결에 실린 가느다란 마음의 물방울 소리.

니체는 잘 알려진 '산책 신봉자'다. 병약한 그가 할 수 있는 운동은 많지 않고, 성격도 지랄 맞았음에 틀림없으니 친구도 별로 없었을 것이다. 사회를 그렇게 비판했으니 불러주는 곳도 없었을 것이 당연하고. 그에게 선택지는 산책뿐이었을지 모른다. 칸트 역시 오후 5시면 철저하게 산책을 나가는 산책 마니아였다. 헨리 데이비드 소로우는 그냥은 몰라도 월든 호수의 산책으로 모든 것이 설명된다.

니체에게 산책은 창작의 시간이었다. 상상과 공상, 생각의 정리가 산책하는 동안 일어났다. 《방랑과 그림자》라는 책을 썼을 때 "겨우 몇 줄만 빼놓고 전부 다 길을 걷는 도중에 생각났으며, 여섯 권의 공책에 연필로 휘갈겨 썼다네"라고 고백했다. 뿐만 아니라 《즐거운 지식》에서는 "책, 인간, 음악의 가치와 관련된 우리의 첫 질문은 다음과 같은 것이다. 그는 걸을 수 있는가?"라고 말했다.

칸트의 산책은 습관과 운동이다. 놀랍게도 허약 체질인 칸트는 시계 같은 정확한 생활로 80살까지 장수하게 되는데, 모든 루틴 중 새벽 5시 기상과 오후 5시의 한 시간 동안의 산책, 그리고 한 끼의 식사가 수명을 연장하는 건강을 위한 '단련'의 시간이었다.

헨리 데이비드 소로우의 산책은 '사랑'의 시간이었다. 그는 사람들의 사랑을 받지 못했다. 살아생전 유명하거나 대단한 사람이었던 것도 아니고 많은 저서를 남기지도 않았다. 그의 첫 책인 《콩코드강과 메리맥강에서 보낸 일주일》은 1,000부를 찍은 1쇄에서 300부만 팔려 나머지를 모두 떠안아야 했다.

그는 오로지 자연 속에서 '자신'을 사랑했다. 숲은, 호수는, 새벽 공기는, 작은 열매들과 새들을 만나는 그의 산책은, 자신을 사랑하는 가장 확실한 방식이었다.

'걷는다'는 단순한 행위가 누군가에게는 운동이고 수련이며, 누군가에게는 영감의 시간이고, 누군가에게는 자신의 존재를 사유하는 시간이었다. 모두가 다른 것이 정상이다. 그래서 아름답다. 자신만의 산책을 즐기자.

잔물결 소리에 귀 기울이는 사람은 무슨 일이 있어도 절망하지 않으리.

헨리 데이비드 소로우

절망하지 않는다. 잔물결 소리를 들으러 나는 조용히
혼자 걷는다.

스물한 번째 산책

8월의
크리스마스

오늘의 BGM

한석규 〈8월의 크리스마스〉

내가 가장 좋아하는 한국 영화는 〈8월의 크리스마스〉다. 심은하와
한석규의 예쁜 시절이 그대로 담긴 영화. 영화의 마지막 장면이 종
종 마음에 떠오른다. 우리가 사랑이라 부르는 것과 이별을 맞이할
때 우리의 표정은 어떠할까. 이 노래를 들으면 두 사람의 아름다운
모습과 마지막 장면이 뭉클하게 오버랩된다.

산책길에는 무섭지만 죽음을 떠올린다. 사실 아침이 아니었으면 상상도 못할 짓이다. 나처럼 기본적인 성격 구조가 우울한 쉬폰 케이크에 아주 얄팍한 생크림 같은 긍정이 살짝 묻어 있는 사람이라면 밤은 죽음을 떠올리기에는 너무 깊다.

아침은 삼각형을 닮았다. 태양을 꼭짓점으로 빛 한 점을 나와 잇고 그 앞에 죽음을 두면 꽤나 죽음이 잘 보인다. 별로 무섭지도 않다. 그래서 아침에는 애써 잊으려했던 지금은 없는 이들을 하나씩 내 발끝 앞쪽에 점을 찍어 놓아둔다. 태양과 떠나간 이와 나의 삼각형은 아침이 딱 좋다. 죽음은 삼각형의 꼭짓점처럼 항상 우리 앞에 있다. 멀리 있는 것이 아닌.

8월의 크리스마스는 특별한 영화다. 8월의 사랑이 한 사람이 가질 수 있는 생의 마지막 선물임을 영화는 담담하고, 아름답고, 애잔하게, 마치 한편의 수채화처럼 그려낸다.

스물두 번째 산책

●

식물의 마음

IZ 〈Aloha Ka Manini〉

"Malama Aina(말라마 아이나)." '대지(자연)를 사랑하라'는 뜻의 이 하와이 말은 그들의 삶의 자세이며 기본이다. 모든 생물에 영혼이 있다고 믿었던(여전히) 하와이 사람들의 말은 자연의 모습과 꽤나 닮아 있어 뜻을 몰라도 힐링이 된다. 나무의 언어, 파도의 언어가 있다면 아마 이 노래에 가까울 것이다.

아침 산책이 좋은 이유 중 하나는 모든 것이 '잘' 보이기 때문이다. 계절에 따라 6시 즈음에 볼 수 있는 것이 다른데, 여름 6시는 이미 모든 것이 시작된 시간이다. 밝음의 시작이 차가운 밤의 온도를 머금어 선선한 유쾌함이 있다.

햇빛은 모든 것을 비춘다. 나팔꽃도 선명하게 잘 보인다. 초록을 머금은 잎들은 한낮의 지침이 마치 없던 일인 것처럼 쌩쌩하다. 몇 시간 뒤면 뜨거운 태양에 축 처질 텐데, 몇 시간 뒤의 일을 두려워하는 것은 인간의 일인 듯하다. 혼자 걸으면 상대를 배려할 일이 없기 때문에 평소 보지 않았던 것들을 보게 된다.

아직까지 피어 있는 진달래가 있다. 이미 졌어야 마땅한 진달래가 다른 진달래들이 다 떠난 후에도 남아 있다. 어떤 이는 늦게까지도 피어나 즐거움을 주니 대견하다 할 것이고, 어떤 이는 제철을 모르는 진달래를 비웃을 것이다. 또 어떤 이는 떠날 때 떠나지 못하고 피어난 꽃이 외롭다 할 것이고, 어떤 이는 보지도 못하고 지나칠 것이다.

진달래의 사연은 무엇일까, 생각하다가 픽 웃었다. 인

간의 마음이다. 어차피 보고 싶은 대로 보고, 쓰고 싶은 대로 쓴다. 길가의 눈에 띄지 않는 꽃 한 송이에도 그러한데, 다른 사람들에게는 얼마나 더 이야기를 만들어낼까 싶어 더 크게 웃었다. 소심한 마음인지라 위로가 된다.

나무들의 이야기를 들어보고 싶다. 자리를 지키는 마음에 대해 알고 싶다. 조바심 내지 않는 마음에 대해 듣고 싶다. 조용히 끊임없이 살아간다는 것에 대해 묻고 싶다. 도시에서는 눈을 둘 곳이 너무 많다. 그래서 가끔은 나무에게 눈길을 주는 내가 뒤떨어지는 사람인가 싶다. 역시 소심한 마음이다. 나무는 아랑곳하지 않는데도 말이다.

주말에 나무가 그리우면 독립문역에서 가까운 안산 자락길이나 양재천에서 구룡산으로 이어진 소이산길을 걷거나 한남동 쪽에서 남산으로 올라갔다 이태원으로 내려오는 길을 걷는다. 나무를 보러 산책길을 바꾸는 것은 마치 프로그래밍을 하나도 알지 못하면서 유수 대학의 AI 심화과정 온라인 코스에 등록하는 느낌이다. 그러나 나무의 마음을 알아듣지는 못해도 뿌듯함이 남다르다. 초록과 피톤치드를 느꼈다면 그것만으로 충분하다.

성북동 길을 걸으면 길상사의 200년 된 느티나무를 만난다. 만해 한용운의 유택 심우장에서는 그가 직접 심은 향나무를 만난다. 수연산방에서는 차를 한 잔 마시면서 이태준의 손길이 닿았을 사철나무를 만난다.

인간이 쓴 어떤 안내문보다 침묵을 지키며 모든 것을 보아온 나무의 말을 듣고 싶다. 말을 하지 않아 진실을 간직할 수 있었을 것이다. 나무만이 할 수 있는 이야기다. 그들의 이야기가 궁금해서 책을 읽는다.

독일의 숲 해설가인 페터 볼레벤의《자연의 비밀 네트워크》와 데이비드 조지 해스컬의《나무의 노래》를 추천한다. 인간들이 세상을 지배하는 것처럼 클라우드니 암호화폐니 AI니 떠들어도 나무는 이미 그 모든 것을 구축하고 땅 밑 뿌리에 연결시켜 두었는지 모를 일이다. 천연덕스럽게 조용히 '아무것도 몰라요'라는 표정을 지을지라도.

스물세 번째 산책

그녀에게

오늘의 BGM

Christina Aguilera 〈Reflection〉

혼자 울 때는 거울을 보는 것이 좋다. 거울 반대편의 또 다른 나를 직시하면서 울다 보면, 갑자기 아무것도 아닌 것이 되어버리는 경우가 많다. 누구의 위로보다 완벽한 위로를 받을 수 있다. 물론 화장실이라면 손거울이나 파우더 거울을 이용하자.

어제 오후, 협력사 미팅을 위해 광화문의 한 좋은 빌딩을 방문했다. 미팅이 끝나고 1층 로비에 내려와 건물을 나서기 전 잠시 화장실에 들렀다. 화장실 문을 열자마자 대성통곡에 가까운 울음소리가 내 인기척에 뚝 그쳤다. 화장실은 고작 두 칸이어서 울음의 출처를 의심할 여지가 없었다.

그 한 칸의 여자는 내가 빨리 떠나주기를, 그리고 억지로 쑤셔 삼킨 울음을 토해내기를 바라고 있다는 것을 해본 사람은 알 수 있다. 화장실에서 대성통곡해본 사람은 무례하지만 무죄인 이 침입자가 어떻게 해줬으면 하는지를 너무나 잘 안다.

나는 손을 빨리 씻고 건조기에 잠시 손을 넣었다 빼고 나서 일부러 큰소리로 힐을 또각또각하며 화장실을 나왔다. 아무것도 모르는 척 무심히 누군가 왔다가 나간 듯하게. 그렇게 해줘야 할 것 같았다. 누구에게도 들키고 싶지 않았을 그녀의 보이지 않는 자존심을 지켜주고 싶었다.

어제의 장면이 오늘 아침까지 계속 머릿속에 남아 있다. 여자의 울음소리로 유추해보면 기껏해야 30대 초반

일 것 같았다. 어제는 내 일로 정신이 없어서 별로 생각하지 못했던 그녀의 울음소리가 오늘 아침 걷는 길에서 또렷이 떠올랐다.

회사를 옮길 때마다 회사 화장실에서 변기 뚜껑을 덮고 그 위에 앉아 얼마나 많이 울었던가. 지금 생각해보면 이유도 가지각색으로 참 다양했다. 남자 때문에 울고, 상사 때문에 울고, 평가 때문에 울고, 기억도 안 나는 어떤 이유로 울고…. 화장실에서 세어 나오는 울음소리는 장소가 장소인 만큼 진한 향기가 있나보다. 이토록 잊히지 않으니 말이다.

그녀에게.

주제넘지만 언니가 한마디만 해줄게. 화장실에서 우는 건 정말 잘한 일이야. 내가 남들 앞에서 많이 울어 봤는데(많이 운 정도가 아니라 툭하면 울었지) 절대 도움이 안 되더라.

너의 뒤에서 너를 찌르는 사람은 너의 눈물을 닦아주고 티슈를 주며 등을 토닥여주던 사람일 가능성이 많아. 허세와 웃음으로 만났던 사람에게 너는 기대를 하지 않았을 테니까. 어쩌면 배신이나 상처는 '기대'의 그림자일 거야. 다른 사람이 나와 같기를, 나를 더 많이 이해해주기를 바라는 기대를 조금은 덜어내는 게 좋을 것 같아.

내가 많이 울어봐서 하는 말인데 넌 참 대견하고 기특하구나. 화장실에 와서 혼자 울 줄도 알고. 내가 마흔이 되어 습득한 인생의 지혜를 너는 이미 알고 있으니 박수를 쳐주고 싶다. 나는 안구건조증이 심해져서 이제 눈물이 잘 안 나. 너도 나이가 들면 안 울게 될 거야. 아니, 잘 못 울어.

어떤 강한 사람도 다 울어(실제로 울지 않아도 우는 감정은 다 있지). 그런데 등을 보이지 말고 울어. 그리고 화장실에서는 가능하면 울지 마. 세균이 엄청 많거든. 휴대폰도 가지고 들어가지 말라잖아. 다 울었으면 눈 부은 거 걱정하지 말고 손을 깨끗이 씻도록 해. 남들 시선보다 너의 몸에 세균이 안 들어가는 게 더 중요하니까.

그래도 Good job. 잘했어.

지나가던 오지랖 언니가

가을

애
쓰
는 마
음

•

꽃을
걷는 마음

오늘의 BGM

Charles Chaplin 〈Smile〉
+Nat King Kole, Michael Jackson 버전

꽃을 팔아 생계를 꾸리던 시절이 있었다. 팔리기 위해 만들어진 내
꽃과 팔려 보지도 못한 채 시들어 쓰레기통으로 들어간 꽃을 보며
누가 더 불쌍한지를 생각했었다. 그때 영화 〈모던 타임즈〉의 찰리
채플린과 이 곡이 떠올랐다. 〈Smile〉은 찰리 채플린이 작곡한 곡
이다. 1954년 가사가 입혀지며 냇 킹 콜이 노래를 불렀다. 마이클
잭슨은 이 노래를 좋아해 자주 불렀다고 한다. 나도 꽃을 팔면서
이 노래에 가장 큰 위로를 받았다. 그래서 산책할 때 꽃을 보면 저
절로 생각이 난다. You just smile….

아침 산책하면서 거의 매일 마주하는 것이 강변을 따라 잘 조경된 꽃들이다. 매일 '업'으로 꽃을 보는 시간이 있었다. 5년 동안 꽃시장을 가고, 꽃을 고르고, 꽃을 사고, 꽃을 다듬고, 꽃을 판매했다. 그러다 어느 날부터 매일 꽃들을 보는 일을 멈췄다.

꽃들은 누군가에 의해 심겨진다. 고맙게도 계절이 바뀔 때마다 공공근로의 일환으로 심기는 꽃들 덕분에 봄에는 진달래, 철쭉, 수선화, 백일홍, 장미, 여름에는 해바라기, 가을에는 코스모스와 국화, 겨울에는 억새나 갈대 등 잘 정리된 공원에는 사시사철 꽃이 피어 있다. 그야말로 '꽃길'이다.

아침은 빛의 시작을 흡수한 꽃들이 잘 보이는 시간이다. 밤의 어둠에도 꽃은 그 빛을 잃지 않지만, 그래도 태양의 도움을 받아야 잘 보이는 것은 나의 어둠 때문인지도 모르겠다. '꽃'을 걷는 마음은 다르다. '꽃길'을 걷는 마음과도 다르다. 꽃을 사는 마음이나 꽃을 파는 마음도 다르다. 꽃을 주는 마음과 꽃을 받는 마음도 다르다.

꽃을 걷는 것은, 꽃의 삶을 내 어깨에 지고 떠나는 것이다. 꽃은 붙박이로 한자리에 사는 것 같지만 지나가는 수없이 많은 사람의 발에 묻어 그 사람의 생과 함께 살아간다. 꽃은 시간을 걷고 사람을 성큼 걸어 또 다른 생명력으로 신의 메시지를 전하며 살아간다.

걷는다는 행위는 단지 사람만의 일은 아닌 듯하다. 산책길의 꽃들도 걷고 있다. 그들은 누구를 위해서도 존재하지 않고, 누구의 목적을 위해서도 소비되지 않는다. 누군가의 도시계획에 의해 심겨졌다 할지라도 뿌리를 땅에 박고 오가는 부자와 가난한 이와 행복한 이와 불행한 이와 여럿 또는 혼자인 모든 이의 이야기를 들으며 발걸음 속에 흩어져 살아간다. 이 도시의 산책로에서 당신의 걸음으로 다시 살아가는 꽃들이 있음을 가끔은 기억해주기를.

꽃길은 누군가를 위해 펼쳐진 길이 아니라 내 이야기를 기다리는 꽃에게로 걸어가는 길이다.

알베르 카뮈는 《페스트》에서 "한 도시를 아는 가장 편리한 방법은 그곳에서 사람들이 어떻게 일하고 어떻게 사랑하며 어떻게 죽는가를 보는 것"이라고 말했다. 나는 한 가지를 덧붙이고 싶다. 도시의 사람들이 빈부격

차를 막론하고 '꽃'을 바라볼 수 있는지를 알아보는 것
이다. 금전적으로든, 마음으로든.

집으로 돌아오는 길에 길 위에 떨어져 있는 능소화를
주웠다. 스크랩북에 붙여두고 싶다.

스물다섯 번째 산책

소심함의
소중함에 대하여

오늘의 **BGM**

Sting 〈Englishman in New York〉

Be yourself, No matter what they say.
I'm an alien, I'm a legal alien.

가끔 '내가 이 사회에 적응을 못하는 것일까?'라는 생각이 들 때,
그렇게 슬프게 잠이 들었다면 아침에는 이 노래를 들으면서 걸어
보자. 나의 별에서는 내 모습이 가장 온전하다. 그리고 무엇보다도
나는 세금을 내고 있으니 당당해질 권리가 있다. 누가 뭐라고 하면
"난 합법적인 외계인"이라고 말해주자!

언제부터였을까? 이러지도 저러지도 못하는 우유부단하고 소심한 사람이 되어버린 것은. 상사에게는 상사라서 대들지도 못하고, 부하직원에게는 그/그녀가 삐질까봐 야단도 못 치고. 불합리한 것 같은데 내가 잘못 생각하고 있거나 또는 나만 그렇게 생각하나 싶어 항의도 하지 못한다. 사람들이 눈치 보이고 마음 쓰인다. 언제부터 나는 이렇게 소심한 사람이 된 걸까? 원래부터 이렇지 않았다는 것만은 분명하다.

산책길을 걸을 때도 내 소심함이 느껴진다. 좁은 산책로를 걸을 때 마주오는 사람과 동선이 겹칠 것을 고려해서 한쪽으로 비키는 사람도 나고, 파워워킹이 아니라도 충분히 파워 넘칠 듯한 아줌마가 뒤에서 나를 밀치고 가도 아무 말도 못하는 게 나다. 기껏해야 '어?' 하며 돌아보는 정도. 그녀와 나의 거리는 순식간에 격차가 났지만, 멘탈에서는 초격차를 내고 있었던 것이다.

강아지의 목줄을 길게 잡아 강아지가 내게 달려들 때도 소리 한 번 못 지르고 피하기 바쁘다. 강아지 주인은 미안하다는 말도 없이 자기 강아지가 나를 밀어내고 길을 차지하자 '아이고, 씩씩해라. 내 새끼 잘했어' 하는 당당한 눈빛으로 지나쳐간다. 하다하다 강아지한테까지 밀리나 싶어서 내가 원래 길로 돌아오면 화가 마구 치밀기 시작한다.

원래 착한 사람이 아닌데 우물쭈물 말 못하는 사이 나는 어느새 착한 사람이 되어 있었다. 무슨 일인지 판단하려고 생각하는 사이에 모든 것은 휙 지나가고, 종결되고, 걱정하는 나만 소심하게 남는다. 소심함의 동반 증상은 '지랄 맞음'이다. 자꾸 이런 생각을 하게 된다.

'에잇, 그때 한마디 했어야 했는데!'

'왜 나는 시원하게 대꾸하지 못했을까?'

'왜 못된 사람들, 뭐든 자기만 생각하는 애들이 원하는 걸 다 갖고 잘되는 걸까?'

생각할수록 화가 나며 지랄 맞게 까칠해지는 나를 발견하게 된다. 기껏 까칠해져봤자 역시 소심해서 잘 올라오지 않는 점퍼 지퍼에게 화를 낸다던가, 분노지수만큼 치약을 꾹 눌러 짜서 욕실 거울을 현대미술 작품으로 만들어버리는 '누워서 침뱉기'형 분풀이가 대부분이다.

이런 나의 성향에서 혼자만의 아침 산책은 어쩌면 내

게 가장 편안한 행위다. 사람 만나는 것이 즐겁지만 한 편으로는 너무 애써야 하는 내겐 누군가와 함께 무엇을 하는 것이 쉽지는 않다. 예전에 주말이나 저녁에 혼자 걷는 것이 힘들어 유행처럼 번졌던 '러닝 크루'에 들어가서 함께한 적이 있다. 안 그래도 에너지 많은 사람들이 모여서 뛰기까지 하니 에너지가 차고 넘쳤다. 결국 나는 여러모로 신경이 쓰이고 마음이 피곤해서 그만뒀다.

그러고 보면 아침 산책길에는 소심한 사람들이 가득하다. 아침 산책하는 노인은 아침잠이 없어서이기도 하겠거니와 세상을 너무 많이 알아서 소심해졌는지도 모른다. 나를 밀치고 가는 파워워킹 아줌마나 강아지로 겁주는 일부 사람도 있지만 대부분 아침 산책길에서 마주하는 이들은 혼자 걷거나 혼자 뛴다. 사색적인 사람들 아니면 외로워도 괜찮은 사람들이 아침에 주로 걷는 듯하다. 이들과 산책길에서 마주치며 걷다 보면 뭔지 모를 든든함이 느껴진다. 소심함에 대해 다시 생각해보게 된다.

배려해서 소심하다. 남들도 함께 생각하니까. 이쪽도 보고, 저쪽도 보고, 다른 처지들을 이해하니까 소심하다. 세상의 음지와 양지를 다 볼 수 있는 현명함이 있어서 소심하다. 자신이 세상의 중심이 아니라 더 큰 존재 또는 순리라는 것에 순응할 수 있는 겸손이 있어 소심하다. 그래서 소심한 것이다.

아침 산책길에는 레깅스를 빼입고 멋진 몸매를 뽐내며 달리는 이도 거의 없고, 삼삼오오 짝지어 흥을 발산하는 단체도, 사랑을 속삭이는 연인들도 없다. 그저 힘든 하루를 시작하기 전 무소의 뿔처럼 혼자 올곧이 걷는 이와 직장으로 향하는 이들이 채워간다.

오늘은 대범한 소심함의 날이다. 배려심 많고, 이해심 많고, 현명하고, 겸손한 그런 소심한 사람들의 날이다.

"소심한 이들이여, 아침 산책길에 동참하라!"

역시 소심하게 혼자 조용히 읊조려본다.

불쌍한 라떼들에게

오늘의 BGM

스윗소로우 〈Sunshine〉

듣는 것만으로 위안이 되는 노래가 있다. 이 노래가 그렇다.
Sunshine을 향해 걷는 아침에 들으면 내가 나에게 해주는 말 같아
서 힘이 난다. 산책 '강추'송.

젊고 몸이 건강할 때는 건강검진의 중요성을 잘 알지 못한다. 중년의 나이가 되니 이제까지 들어오던 "예전 같지 않아"라는 말이 무슨 뜻인지를 슬프지만 이해하게 된다. 딱히 어디라고 표현할 수 없게 몸 이곳저곳에서 삐거덕 소리가 난다. 쓸 만큼 써서 이제는 조심히 움직여야 하는 낡은 차에 대한 애잔함과 서글픔, 심지어는 고마움까지 찔끔 느끼는 시점은 불현듯 찾아온다. 몇 살, 언제가 아니라 '스며들듯이' 그렇게 느껴진다.

몸만 그러하랴. 당연히 마음도 그러하다. 어떤 집에 살고 있으며, 남편은 무엇을 하며, 아이들은 몇이고 얼마나 공부를 잘하는지, 회사에서는 얼마나 잘나가고, 재테크는 어떻게 하고 있으며, 외모는 어떻게 가꾸고 있는지, 인생의 성적표 같은 평가들이 매 순간 이루어지는 나이가 40대다.

20대, 30대 때와는 달리 내 옆에 있던 친구들과 사는 방식이 인식하지 못한 사이에 각양각색 달라졌다. 부지불식 지나간 시간 속에서 내가 알던 사람들, 사랑했던 사람들이(또는 사랑한다고 생각하는, 사랑한다고 생각했던, 사랑했다고 생각하는, 사랑했다고 생각했던… 사랑이란 단어도 생각이란 단어도 너무나 모호해서 두 단어가 결합되니 그 자체가 모순 덩어리가 되는 듯하다.) 측정할 수도 없게 인생의 격차가 벌어져 있다.

가끔은 부고를 듣는다. 부모님들의 부고는 어쩌면 시간이 흐름에 따라 받아들일 수밖에 없다고 하더라도 아내와 아이를 교통사고로 잃은 후배, 아이를 병으로 잃은 선배의 이야기는 너무나 갑작스럽다. 친구가 위중한 병에 걸렸다는 소식을 들으면 하루 종일 무슨 말을 어떻게 전해야 할지 고민한다.

중년은 그런 나이다.

회사에서 나는 "라떼는 말이야"라며 더블샷 라떼를 말아 드시는 상사의 요구를 고스란히 MZ세대라는 '요즘 어른'들에게 전달해야 한다. 내가 들은 말과 내가 내뱉어야 하는 말은 항상 달라야 한다. 칭찬은 똑똑하고 자기표현 강한 젊은 친구들에게 돌려야 하며, 또한 조직 내 맨 꼭대기에서 언제 미끄러져 떨어질까 노심초사하고 있는 상사의 몫이다. 중간에 걸린 나는 책임과 비난을 업고 욕이란 욕은 다 먹는 세대.

사업도 그렇더라. 반짝반짝하는 20대, 30대 창업자들에 밀려 40대 창업자들은 대단한 것을 이뤘던 후광과 경험 덕에 살짝 눈길을 받기는 하지만 관심 갖는 이들은 많지 않다. 이제야 느끼게 되는 낡은 '중고차' 느낌은 스미듯 일상에 젖어들고 있다. 하지만 누구에게도 하소연할 수 없다.

중년은 그런 나이다.

젊을 때는 조금만 힘들어도 달려갈 '집'이 있었다. 내 편인 부모에게 조금은 징징거려도 괜찮은 그런 '품'이 있었다. 이제는 반대로 부모를 품어야 한다. 그리고 아이들을 품어야 한다. 누군가에게 기댈 줄만 알았는데 이제는 양쪽에서 내게 기댄다.

중년은 그런 나이다.

친구들과 가끔 만나면 "그땐 그랬지" 하며 이야기꽃을 피운다. 함께 있을 때는 위로가 되지만 헤어지고 나면 '그때' 나눴던 이야기만큼 지금도 우리가 진실한지 모르겠다.

그간 구구절절 설명할 수 없는 각자의 상황들이 쌓였다. "밥 한번 먹자"라는 말만 난무하다가 어렵게 1년에 한두 번 만남이 성사되지만 그 시간은 3시간도 채 되지 않는다. 속 깊은 이야기는 나누지 못하고 호구조사하던가("너는 요즘 뭐하니?") 추억놀이("야, 그때 기억나?")를 하는 수밖에 없다. 서로의 변화를 알기에는, 서로의 느낌을 알기에는 '생활'이 너무나 달라지고 변했다.

그러니 아무도 내 이야기를 들어줄 사람이 없다. 우리 엄마의 명언대로 "마음은 나이 먹는 법이 없다"는데 나이 먹지 않은 내 마음을 들어줄 사람은 나밖에 없다. 이 구질구질하고 자라지 못한 마음, 서글프지만 아직은 빛나는 나의 마음을 들어줄 이는 나뿐이다.

그래서 산책길에서는 내 소리만 들어야 한다. 아침에 눈뜨자마자 인터넷도 켜지 말고, 회사 이메일도 체크하지 않고, 사회적인 '나'라는 존재의 어떤 오지랖이 개입하기 전에, 물 한 잔을 마시고, 커피 한 잔을 내려 마신 뒤 가장 자연스러운 나라는 인간으로 산책길에 나서야 한다.

최대한 문명의 방해를 받지 않는 것. 이것이 가상의

순례길을 걷는 당연한 약속이다. 아무도 들어주지 않는 나의 소리를 들어주는 것. 이것이 산책길의 가장 중요한 약속이다. 물론 간간히 음악을 들어주는 것은 좋다.

스물일곱 번째 산책

애씀은
예쁨이다

오늘의 BGM

하림 〈위로〉

애쓰며 살아가는 사람들에겐 애쓰지 말라고 해도 된다. 그저 살아
가는 것 자체가 애쓰는 것이다. 얼마나 대단한 '애씀'인가? 얼마
나 안쓰러운 '애씀'인가? 그리고 또 얼마나 아름다운 '애씀'인가?

오늘 아침에는 정말이지 일어나서 걷기가 너무 싫었다. "아자 아자!" 힘을 내보지만 날씨가 조금씩 싸늘해지는 이즈음의 새벽은 쿠크다스처럼 얇은 내 멘탈을 부러트리기 딱 좋은 시험날이다. 그럼에도 오늘도 무사히 아침 산책을 나왔다.

'애써 나오길 잘했다.'

언제든 나오면 항상 그런 생각을 하는데도, 나오기까지는 이렇게나 힘이 든다. 피씩 웃어본다. 애쓴 내가 대견하다 싶어 고개를 조금 들고 당당히 걷기 시작했다. 나의 소심한 성격은 땅을 보고 걷게 하지만, 곧 걷다 보면 어느새 하늘을 쳐다보고 있다.

갑자기 '애쓰다'의 뜻이 궁금해졌다. 걷다 말고 단어를 찾아본다. 옆에 아주머니 두 분이 나란히 가는 길을 막을까봐 한쪽에 비켜서서 휴대폰으로 '애쓰다'라는 단어를 검색했다. 인터넷에는 여러 사람이 근거 있게 또는 근거 없게 단어 설명을 해놓았다.

사전의 애쓰다는 '마음과 힘을 다하여 무엇을 이루려고 힘쓰다'라는 의미. 어떤 사람은 '애'가 우리 고유어로 '쓸개'를 가리키는 말이라 '애가 쓰다'라고 설명했는데,

쓸개즙이 쓴맛을 관장하는 소화기관인 것을 생각해보면 일리 있는 말 같다. 좀 과장해서 표현하자면 나는 쓸개가 없어서인지 이 '애쓰다'라는 뜻에 울컥했다. 애쓰는 일들이 힘든 일이나 상태에 표현되기 때문에 '쓰다'라는 맛의 이미지에도 참 잘 연결이 된다 싶다.

'사랑 애愛'도 떠올랐다. '마음을 쓴다'는 말과도 꽤 가깝지 않나 싶다. 우리가 애를 쓰는 일은 마음이 있어서고, 그 마음에는 어찌 되었든 사랑이 있다는 말일 테지. '사랑을 쓴다'는 말도 될 수 있겠구나.

잘되었으면 해서 애쓰든, 걱정이 되어 애쓰든, 애쓰는 일은 사랑하는 사람만이 할 수 있는 일이다. 힘들지만 애쓸 수 있는 일이 있어 고맙다. 오늘 아침의 애씀에 감사한다.

●

가끔, 문득, 그냥

오늘의 BGM은 없다.

아무 노래도 좋다. 그냥, 문득, 생각나는 어떤 노래라도 괜찮다.

가끔, 문득, 그냥.

이 세 단어면 충분하다. 사랑을 표현하기에.

세 단어에 그의 이름을 넣으면, 내가 사랑하는지를 알 수 있다.

세 단어에 그의 이름을 넣으면, 우리가 왜 이별했는지를 알 수 있다.

세 단어에 그의 이름을 넣으면, 세월이 지나 아스라한 기억 속에 그가 내게 어떤 존재였는지를 알 수 있다.

세 단어에 나의 이름을 넣으면, 그것은 나의 '생'에 대한 사랑일 것이다.

●

마음을
지탱하는 일

오늘의 BGM

Coldplay 〈Fix You〉

"I will try to fix you"라는 말은 자신이 자신에게 밖에 해줄 수 없는 말이다. F와 X 안에 끼인 I와 곁에서 바라보는 You. 인생에 끼인 나를 구해줄 이도, 탈출할 이도 나다. You는 그저 옆에 있어주는 것으로 만족하자. 산책할 때 이 노래를 들으면 내가 나를 고쳐 갈 수 있을 것 같은 자신감이 든다. 꼭 산책 플레이 리스트에 담아 두길 바란다.

오늘 아침에는 선물로 받은 스페셜티 커피를 꺼냈다. 커피 백은 머그잔에 걸 수 있게 양쪽에 걸이 형식으로 접혀져 있다. 윗부분의 절취선을 잘라 컵에 양쪽 걸이를 걸면 납작하던 커피 백이 입체적인 가방 모양이 되어 뜨거운 물을 부어 커피를 내릴 수 있다. 뜨거운 물을 붓는 재미가 새롭다.

문득 그가 떠올랐다. 반원의 지름을 가르며 양쪽으로 갈라진 커피 티백은 양쪽 다리를 각 점에 걸친 처량한 모습이었다. 한쪽에 걸리는 것만으로는 온전히 자신의 마음을 담아내지 못하는. 두 점 모두에 자신의 다리를 놓아야만 비로소 마음의 내용물을 쏟지 않고 온전히 걸러내는 그가 생각났다.

긴 시간이 흘러 이제야 이해하게 되었다. 그렇게 생긴 사람이었구나. 어쩔 수 없었구나. 그저 마음을 담아내기 위해 어쩔 수 없이 나에게만 의지할 수는 없었던 모양과 디자인과 마음의 구조물을 가지고 있던 사람이구나.

내 상식 속에 사랑은 뜨거운 차를 우려내는 티백이었다. 오로지 한 줄에 매달린 차 주머니들이 뜨거운 물속에 풍덩 빠져서 서서히 스며들며 우려지는 티백 같은 것이 사랑이라 생각했다.

이제야 이해할 수 있는 것은, 그의 사랑은 스페셜티 커피를 담은 드립 커피 백이었나보다. 양쪽에 기대어 컵의 지름을 안전하게 지지해야 충분히 커피를 내려낼 구조를 만들 수 있는 사람. 그리고 뜨거운 물에 풍덩 빠지는 것이 아닌, 물을 통과시키며 녹여내는 것이 그의 사랑이란 것이었나보다.

그랬구나.

세월이 지나서, 그것도 번개 맞은 듯 갑작스러운 어느 날 아침에 선물받은 커피 백으로 커피를 내리면서 갑자기 나는 우리가 왜 헤어졌는지를 이해할 수 있게 되었다. 생각지도 않은 아침의 선물이다. 너무 긴 시간 잡생각을 하다 보니 평소 나가던 시간보다 20분이나 훌쩍 지나 있었다. 아이쿠, 얼른 커피를 텀블러에 담아 서둘러 집을 나섰다.

●

길 위에
좌판을 펴지 말자

오늘의 BGM

Ed Sheeran 〈Photograph〉

우리의 마지막 날, 우리가 보고 싶은 사진은 얼짱 각도의 뽀샵 가
득한 사진은 아닐 것이다. 이 노래의 뮤직비디오는 에드 시런의 어
린 시절 동영상으로 꾸며져 있다. 시간이 흘러 우리가 보고 싶은
사진은 가장 나다운 모습일 것이고, 그 사진보다 더 갖고 싶은 것
은 그 순간의 '기분'이 아닐까? 적어도 걸을 때는 사진을 찍기보
다 순간의 기분을 마음에 찍으려 노력한다.

아무래도 가상의 산티아고 순례길이 '다꾸(다이어리 꾸미기)'가 된 것 같다. 처음에는 산책길에서 휴대폰으로 풍경 사진을 찍었다. 그런데 사진을 찍다보니 사진에만 눈이 팔렸다. 어느새 나는 더 멋진 사진에 열을 올리고, SNS에 업로드 할 사진을 추리고 있었다.

SNS는 이제 우리 삶의 기본이자 잘 뚫린 도로가 되었다. 차가 싫다고 차를 타지 않는 것은 현대생활에서 힘든 일이다. 나 역시 차를 타고 출근하지만 적어도 아침에는 공원에 나가 두 발로 산티아고 순례길을 걷는다. 그렇게 시작된 산책이 또 고속도로를 타려고 하고 있다. 사진 찍는 일을 중단했다.

10년 전에 아프리카에 간 적이 있다. 일회용 카메라를 나눠주고 아이들에게 사진을 찍게 한 다음 현상해서 돌려주는 일종의 프로젝트였다. 이제는 아프리카의 많은 국가에 휴대폰이 보급되어 사진도 디지털화되었지만 (저개발국가일수록 모바일 우선의 인프라가 구축된다), 당시만 해도 아프리카의 빈민 지역이나 취약공간에서 사진이란 존재는 특히 귀했다.

27컷을 찍는 일회용 카메라. 아이들은 그들답게 일상을 담았다. 그리고 소중했다. 한정된 컷 안에서 사진을 확인할 수 없고, 지우고 다시 찍을 수도 없기에 그들은 매우 신중하게 선택하고, 찍고, 현상이 되기를 기다렸다.

기다림과 한계가 있던 시대에는 그 공간에 마음이 들어갔다. 모든 것이 빨리 움직이고 기다릴 수 없는 시대에는 마음에게 내어줄 공간이 없다. 너무 느리고 비효율적이니까.

모든 것이 쉬운 세상이다. 많이 찍고 최대한 보정하고 맘에 들지 않으면 바로 지워버리고 다시 시작한다. 이 엄청난 세상의 속도에서 살아가기 위해서는 이 속도가 일상이 되어야 하고, 내 일상이 이 속도여야 한다. 과연 인간의 하드웨어인 '몸'은 이 감각의 저장 속도를 잘 따라갈 수 있을지 궁금하다.

어느 순간부터 내 느낌을 담기 위해서 사진을 찍는 것이 아니라, 사진을 찍기 위해 내 느낌을 연출하는 것이 자연스러워졌다. 그리고 '좋아요'나 '조회수' 같은 숫자로 등급이 매겨지는 '시장'에 내 느낌을 팔러 좌판을 벌인다.

산책길에서는 적어도 마음을 파는 짓을 하지 말자. 대신 뭐든 마음에 들면 주워오자. 나뭇잎, 꽃잎, 눈에 담은 풍경, 소리, 습도, 그리고 기억을. 돌아와서는 나만의 알베르게에 그날의 수집품들을 전시한다. 스크랩북처럼 붙여진 지난 나뭇잎과 꽃이 말라간다. 한쪽에 그려넣은 개발새발 그림이 마음에 든다. 타이핑해놓은 내 글들도 옆에 붙인다.

두꺼운 스케치북이 벌써 반 이상 채워졌다.

●

오즈의 마법사

오늘의 BGM

Judy Garland 〈Somewhere Over the Rainbow〉

이 노래를 들으며 걸을 땐 노란 벽돌길을 떠올리자. 그리고 그 길 끝에는 무지개가 있고 그 무지개 너머에는 그토록 원하던 행복의 파랑새가 당신을 기다릴 것이다. 믿어보자. 이 아침은 무지개 너머로 가는 길이니까. 이 영화에서 가장 인상 깊은 장면은 이것이다.

도로시: 뇌가 없는데 어떻게 말할 수 있는 거예요?
허수아비: 잘 모르겠는데, 하지만 사람들도 생각 없이 말을 많이 하지 않니?

나는 아침에 햇빛이 비추는 동쪽 방향으로 걸어간다. 태양이 막 떠오를 때, 태양을 향해 걸어가고 싶은 느낌이 많이 들기 때문이다. 특히 가을에서 겨울로 넘어갈 때는 조금이라도 따뜻한 길을 향해 걸으려는 잔꾀, 봄날은 따뜻한 햇살을 받고 싶은 마음, 여름날은 한낮이면 뜨거워지겠지만 밤을 깨고 나온 햇살은 언제나 부드러워 밤의 냉기를 품은 시원한 밝음에 대한 환영이다. 어떤 계절이든 아침 산책길에는 나는 해를 향해 걷는다.

햇살이 비치는 산책로를 또박또박 걸어갈 때 가끔, 아니 자주 오즈의 마법사를 떠올린다. 캔사스 외딴 시골마을에 사는 도로시는 갑자기 불어온 회오리바람에 휩쓸려 이상한 나라에 도착한다. 집으로 다시 돌아가기 위해 마법사 OZ를 찾아가는데, 그에게로 가는 길이 노란 벽돌길이다.

노란 벽돌길. 주로 낮은 것이나 땅을 보며 걷는 나는 밟고 지나가는 그 '길'에 뭉클할 때가 있다. 그럴 때는 마치 도로시가 된 듯하다. 비록 혼자지만 허수아비도, 양철 나무꾼도, 겁쟁이 사자도 함께 걷는 느낌이다.

쓸개를 제거하는 수술을 한 이후부터는 많은 것이 두

렵고 겁나서 움츠러든 겁쟁이 사자가 된 것 같다. 쓸개 (담)가 한의학적으로 '용기'를 관장하는 기관이라 한다. 그래서 담력이란 말도 있지 않은가. 괜히 쓸개 탓을 했지만, 사실 요즘은 정말 많은 것이 자신 없고 두렵다. 나는 도로시인 줄 알았는데 어떤 날은 허수아비고, 어떤 날은 양철 나무꾼이고, 어떤 날은 겁쟁이 사자다.

더 슬픈 것은 내 안에서 발견된 OZ다. 서커스단에서 일하는 대머리에 주름투성이 노인이지만 '위대한 마법사인 척' 살아가는 오즈. 점점 자신 없어지는 나를 위해 여러 가지 이력과 경력을 덧붙이지만 언제 들킬지 모르는 가면놀이를 하는 내 모습.

어쩐지 무겁더라. 도로시인 줄 알았더니 허수아비, 사자, 양철 나무꾼, 심지어 OZ까지 하나하나 올라붙어서 몸무게가 야금야금 늘고 있었던 것이었구나. 독수리 오형제가 합체하듯이 다양한 내가 합쳐져서 무거운 무게로 걷고 있었다.

그래도 나는 매일 길을 걷는다. 노란 벽돌길 같은 산책길을 따라 걸으면 조금 헤매더라도 집으로 가는 길을 알려줄 OZ를 만날 수 있다는 믿음으로 내 안의 이 버거운 친구들과 꿋꿋하게 걸어간다. 〈Somewhere Over the Rainbow〉를 부르면서.

햇살을 향해 걷는 일은 긍정적인 하루를 연습하는 내게 가장 좋은 명상이다. 이렇게 연습하다 보면 언젠가는 만날지 모른다. 내게 답을 알려줄 진짜 오즈를.

●

자기만의 방

오늘의 BGM

이소라 〈바람이 분다〉

이 노래를 들으면 단단한 여자로 살아가는 것이 무엇인지 느껴진다.

나는 여러분에게 아무리 사소하고 아무리 광범위한 주제라도 망설이지 말고 어떤 종류의 책이라도 쓰기를 권하고 싶습니다. 무슨 수를 써서라도 여행하고 빈둥거리며 세계의 미래와 과거를 성찰하고 책을 읽고 공상에 잠기며 길거리를 배회하고 사고의 낚싯줄을 강 속에 깊이 담글 수 있기에 충분한 돈을 여러분 스스로 소유하게 되기 바랍니다.

버지니아 울프

출근 전, 돈 벌기와 병행할 수 있는 나의 '생각의 방'이 되어준 산책길이 고맙다. 버지니아 울프는 경제적 독립과 돈의 소중함을 이야기했고 이는 성찰과 사색을 할 수 있는 시간과 공간을 확보하기 위한 것이었다.

아침에 길을 나서는 모든 혼자인 여자들은 닮아 있다. 그것이 직장인의 출근길이라 할지라도, 혼자 걷는 여인들의 '자기만의 방'을 갖기 위한 투쟁의 길 역시 산책이다.

아침 산책에서 돌아오는 길에 오늘 낚싯줄에 걸린 '생각의 물고기들'을 스크랩북에 붙일 생각에 잠시 들떴지만 발걸음을 재촉한다. 지각이다.

서른세 번째 산책

●

혼자 산책과
함께 산책

The Beatles 〈In My Life〉

비틀즈 노래 중 가장 아름다운 노래. 매 순간 나와 함께 하는 이들
을 사랑해야겠다는 생각이 불끈 솟아나는 '비타민 수액' 같은 노
래. 누군가와 걷는다면 이 노래를 함께 들어보자. 내 인생이, 나와
함께 걷고 있는 이들이 뮤직비디오의 주인공처럼 아름답게 보일
것이다.

주말, 누군가의 동행 요청으로 이뤄지는 간헐적인 함께는 또 다른 걷는 재미와 매력이 있다. '가끔'이라는 전제가 있어 함께 걷는 일은 '소풍'의 느낌을 물씬 풍긴다.

한 달에 한 번 서울 둘레길을 걷는 모임이 있다. 물론 이 날도 가상의 산티아고 순례길 누적 합계에 당연히 포함시킨다. 하루라도 빼먹었다는 생각을 하고 싶지 않아서 꾸역꾸역 산책 비슷한 건 다 포함시켜버린다.

이번에 걸은 북한산 둘레길은 북한산국립공원에 자리한 북한산(836.5미터)과 도봉산(739.5미터) 자락을 둘러싼 총 70킬로미터의 산길이다. 21개 구간이라 매번 구간을 나눠서 걷는데, 코스마다 스탬프를 찍어가는 재미가 쏠쏠하다. 이 코스를 다 채우면 완주증을 준다.

10여 명의 둘레길 원정대는 주말 아침 8시쯤 입구에서 만나서 4시간 정도 걷는다. 함께 걸어 기쁜 산책이다. 걷는 동안에는 이것저것 세상 사는 이야기들을 나눈다. 이야기를 하기 싫으면 그저 걸으면 되고, 자기 속도와 비슷한 사람과 짝을 맞춰서 걷기도 한다.

걷기를 좋아하는 사람들이 모이면 이게 편한 것 같다. 서로에게 크게 간섭하거나 절대적인 강요 지점이 없다는 것. 자신의 속도대로 자신의 방식대로 따로 또 같이 걸어도 문제없다는 점이 안정감을 주면서도 고맙다.

걷는 중간중간 쉴 공간이 생기면 우리는 앉아서 각자 자신이 싸온 음식들을 나눠먹는다. 커피나 빵, 견과류를 가져온 사람, 김밥을 싸온 사람, 컵라면과 뜨거운 물을 보온병에 넣어온 사람도 있다. 각자 자기가 가져올 수 있을 만큼, 준비할 수 있을 만큼의 따뜻함을 나눈다. 산에서 그리고 길 위에서 음식을 나눠먹을 때 인간은 가장 가까워지는 듯하다.

산에서는 비싸고 거추장스러운 음식이 아닌 자신의 배낭에 들어갈 만큼의 가벼운 음식을 가장 소박한 형태로 가져온다. 스테이크나 랍스터 같은 음식을 먹지는 않는다. 길 위에서 사람들은 더 단순해지고 더 소박해진다. 그래서 부자와 가난한 이의 거리가 가장 좁혀지는 식탁이 산에서의 한 끼인 듯하다.

북한산 둘레길은 참 매력적인 곳이지만 산책으로 혼자 가면 지칠 수 있어서 좋은 사람들과 모여서 가기를 권한다. 자연이 이렇게까지 아름다울 수 있나, 복잡하고 정신없는 서울 안에 어떻게 이런 자연이 함께하고 있나, 싶은 생각이 들 정도로 아름답고 모든 길의 매력이 다르다. 엄청난 산세도 있고 민간인이 접근 금지였던 시절의 길부터 평창동 마을을 지나는 길까지 21개의 코스는 그 매력이 남다르다.

6코스와 7코스는 마을과 이어져 있다. 평창동 부자들의 마을이 산중에 있는 것은 아이러니하다. 돈이 살아가는 데 아무 의미 없을 것 같은 숲을 지나 이어지는 길은 서울 부자 중 부자들이 산다는 평창동 고가 주택지다. 산에서 이어진 길이라서 그런지 부촌을 지나면서 돈으로 '소유'할 수 있는 것과 돈으로 '소유'할 수 없는 것에 대해 생각해보게 된다. 버스를 타고 산 입구에 와서 발로 걸어 그것을 누리는 사람들과 이 산을 몇 대씩 차고에 쌓아둔 차들을 타고 다니느라 산에 한번 올라가보지 못한 사람들 중, 누가 이 길과 이 산을 가진 사람일까?

요즘 한강공원과 도시의 둘레길이 참 고맙다. 자연은 돈의 많고 적음이 아니라 마음과 두 발로 직접 걷고 즐기는 사람들의 것이라는 생각을 하게 된다. 신기한 것은 사람들이 즐기면 즐길수록 남의 것을 빼았는 것이 아니라 샘솟는 화수분 같은 것이 신이 우리에게 주신 자연이구나 싶다. 그러니 걸을수록 마음이 풍족해질 수밖에 없다.

북한산 둘레길을 완주하고 배지를 받았다. 영화 〈반지의 제왕〉에서 반지 원정대가 절대 반지 하나를 찾기 위해 걸었다면, 우리는 모두가 하나씩 받을 수 있는 둘레길 완주증과 배지를 받았다. 함께 걸으면 이런 느낌이 좋다. 'Winner takes all(승자가 모든 것을 가진다)'은 마음 없이도 함께 살아갈 수 있다는 것을 은은하게 배운다.

경쟁에 찌들고 마음이 피폐할 때 마음 맞는 이들과 둘레길 완주증을 목표로 매주 주말마다 걸어보기를 추천한다. 21코스를 같이 또 따로 걷다 보면 나중에 함께 받게 되는 배지는 반지 원정대의 절대 반지만큼이나 삶에 용기를 줄 것만 같다.

●

마음의 소리

오늘의 BGM

Hisaishi Joe 〈海の見える街〉

애니메이션 〈마녀배달부 키키〉에 나오는 노래다. 아침 산책에서 만나는 택배배송 차를 보면 마음을 배달해주는 서비스도 있으면 좋겠다 싶다. 이왕이면 시간을 가로질러서 지금 알게 된 것을 과거의 나에게 전해준다거나, 그때는 전하지 못한 내 마음을 더 늦기 전에 영영 못하기 전에 그 순간에 가서 전달해주었으면 좋겠다는 생각을 한다. 키키는 가능하지 않을까? 주문을 외우면 그렇게 할 수 있을 것만 같다.

거울을 보며 "거울아, 거울아. 세상에서 제일 예쁜 사람이 누구지?"라고 묻는 그녀에 대해 깊이 생각해본 적이 없다는 것이 떠올랐다. 오늘 아침 산책길에서 그녀가 문득, 그리고 계속 떠오르는 것은 아마 내가 며칠 동안 너무 열심히 거울을 본 탓일 것이다.

거울을 너무 오래 보았다. 평소 화장을 많이 하는 스타일이었다면 오히려 덜 충격이었을지도 모른다. 그동안 듬성듬성, 대충대충 보던 거울 속의 내 모습은 기억 속의 나와 달라져 있었다. 분명 거울은 매일 내게 얼마나 늙고 있는지를 이야기해줬을 텐데, 나는 전혀 알아채지 못했다.

며칠 전 회사 동료들과 회식 자리에서 찍은 사진을 보고는 나의 '나이듦'을 자각하게 되었다. 물론 처음은 아니지만 확실하고 강한 충격이었다. 그 후 며칠간 나의 거울 보는 '의식'은 다소 의식적이며 더욱 경건하며 심지어는 두려움마저 동반하게 되었다.

탄력을 잃고 쳐져가는 피부와 눈가 주름과 서서히 잡혀가는 팔자 주름. 이 모든 것이 거슬리고 슬펐다. 어젯밤에는 몇 년이나 되는 유통기한이 임박한 마스크 팩을 하나 붙이고 피부과의 보톡스 처방에 대한 검색을 시간 가는 줄 모르고 맹렬히 해댔다. 그 잔상이 남아서인지 아침 산책길에서 내내 마음이 편치 않았다.

갑자기 내 옆을 누군가가 휙 지나갔다. 긴 머리카락을 단정하게 묶어 야구모자를 쓰고, 마스크부터 레깅스, 운동화까지 블랙과 핑크로 '깔맞춤'한 20대로 보이는 '백설공주'가 생동감 넘치게 뛰어간다. 그녀의 아름다움과 젊음이 부러운 찰나, 나는 새엄마인 마녀 왕비가 된 듯했다.

이 나이가 되어보니 그녀의 상실감이 공감된다. 아름다움이 일생의 가장 큰 무기였던 그녀에게 더 이상 그 자리가 자신의 자리가 아니라면, 존재의 의미 자체를 송두리째 잃어버려 미치게 된 걸지도 모른다. 그 시절에도 조석의 《마음의 소리》 같은 만화가 있었으면 좋았을 텐데. 그녀가 그 책을 완독했더라면 그렇게 비참한 결말을 맞이하지 않았을 것이다. 그러나 사실 그녀는 마음의 여유가 없었을 것이다. 진실을 말하는 거울이 이미 그녀의 '마음의 소리'였을 테니까.

그러고 보니 우리는 이 불쌍한 왕비의 이름도 모른다.

아무도 그녀의 이름을 궁금해하지 않는다. 돌아오는 길에 생각했다. 그녀의 이름을 찾아봐야겠다. 그리고 그녀의 이름을 불러줘야겠다. 이름을 불러줘야겠다.

그녀의 이름은 새엄마나 왕비나 마녀가 아닌 '그림하일드'였다.

•

함께
걷고 싶은 사람

Chris Barber 〈Si Tu Vois Ma Mere〉

위대하거나 훌륭한 사람을 만나는 건 어쩌면 내 동창과 저녁식사를 하는 것보다 쉬울 수도 있다. 영화 〈미드나잇 인 파리〉에서 주인공은 피카소, 고갱, 헤밍웨이 등 1920년대의 예술가들과 만난다. '만난다'라는 것은 어떤 의미인가. 그 환상 속의 만남처럼 아침 산책에서도 예술가들을 만날 수 있다. 함께 걷는 이는 내가 택하는 것이다.

산책 스크랩북에 '함께 걷고 싶은 사람' 리스트를 쓰는 것은 꽤나 재미있다. 단순히 리스트를 쓰는 데 그치지 않고 질문들을 함께 적어두기도 한다. 오바마 전 대통령이라던가 앤더슨 쿠퍼, 그레타 툰베리, 오프라 윈프리 등 이왕이면 만날 가능성이 희박한 쪽으로 선정한다. 그래야 만나지 못하더라도 실망할 일이 없고, 물어보고 싶은 말은 내 산책길에서 물어봤으니 위안이 된다.

가끔 그들과 함께 걷는다. 그리고 이야기를 나눈다. 사실 무슨 이야기를 나눴는지는 기억나지 않는다. 기억나지 않아야 육교를 넘어 현실에서 그런 사람을 만나거나 그런 사람이 되려고 애쓸 것이 아닌가? 그래서 산책 메이트와의 대화는 저장이 안 되고 세션이 끝나면 고스란히 포맷된다.

그러고 나면 실상의 그/그녀가 떠오른다. 유명해서가 아니라, 훌륭해서가 아니라, 있는 그대로 함께 걷고 싶은 '그냥'의 사람들이 있다. 실상의 그/그녀와는 산책길에서 만날 약속을 잡자. 잠시 멈춰서 전화를 걸거나 메시지를 보내자. 산책길에서.

겨울

새
로
운 서
사

서른여섯 번째 산책

여자로
걷는다는 것

오늘의 BGM

Nants' Ingonyama 〈Circle of Life〉

"나~주 평야 밭바리 치와와"라며 웃음을 주던, 모르는 사람이 없을 애니메이션 〈라이온 킹〉의 오프닝 곡이다. 엘튼 존이 부른 버전도 있지만 아프리카 그 생명의 땅에서 들려오는 목소리는 역시 여성의 목소리가 어울린다. 진정 '생명'이란 것에 있어서 여자는 얼마나 강인함을 장착하고 태어난 것일까?

《산책의 기술》에서 칼 고트로프 쉘레는 "산책은 억압되었던 팔, 다리와 영혼의 능력을 해방시킨다"고 설명한다. 전적으로 동의한다. 산책은 몸의 소리를 듣고, 사회적 존재로서 일상의 억압적 자세와 긴장에서 자연적 '존재'로 해방시키는 과정이다.

몸에 대해 생각한다. 노화가 진행된다는 것을 몸으로 느끼는 시점에서는 오히려 여자의 몸이 얼마나 신비한가에 대해 생각한다. 별로 의심하지 않으며 살았다. 언젠가는 나도 엄마가 된다는 것. 이것은 마치 어린이가 '어른이 되면'이라고 말하는 것처럼 자연스러운 일이었다. 나의 무의식에 당연히 깔려 있는 '명제'였다.

그러나 이 나이쯤 되니 내가 엄마가 될 수 없을지도 모른다는 생각을 하게 된다. 갑자기 초조해진 마음은 산부인과의 피 검사로 알 수 있다는 '난소 나이 검사'라는 것을 찾아보기 시작했다.

여자는 28일마다 생리를 한다. 달은 28일을 주기로 순환을 만든다. 여성의 몸은 신기하게도 자연의 주기와 섭리를 몸을 통해 실현한다. 정도의 차이는 있겠지만 생리 전, 배란일 전후를 중심으로 여자들은 많은 신체적,

감정의 변화를 겪는다. 생리통, 부종, 유방통, 배가 나오는 것은 기본이다. 심지어 배란일 전후로는 불안, 긴장은 물론 식욕의 극대화 또는 극소화가 나타난다.

우스갯소리인데 조카가 그의 엄마에게 "엄마 생리 시작 전이니 건드리지 마"라는 말에 "도대체 한 달 중에 괜찮은 날이 언제야!"라고 대꾸했다. 이 질문은 사실 여자들이 스스로 매번 하는 질문이기도 하다.

여자의 몸에서는 잘 알 수 없지만 민감하게 어떠한 작용들이 일어난다. 내가 회사에서 얼마나 중요한 일을 하든, SNS에서 얼마나 많은 팔로어를 갖고 있든 아랑곳하지 않고 나의 몸으로 난소를 써버릴 때까지 생리와 배란을 반복한다. 마치 초승달부터 반달이 되어 보름달이 되고 그믐달이 되는 달 하나를 매달 한 개씩 써버리는 느낌이다.

난소 나이를 검사하겠다고 생각한 날 아침, 나는 우주처럼 걸었다. 달을 품고 있는 내 몸 안의 우주가 너풀너풀 걷기 시작했다. 팔과 다리를 원하는 방향으로 편히 내버려두려고 애썼지만 지구의 중력에 달이 움직이듯 익숙한 길을 또박또박 규칙적으로 걸어갔다.

겨울이라 해가 늦어 어슴푸레 달이 보인다. 해와 달이 공존하는 순간이다. 중력을 잃는 겨울 새벽, 아무도 없는 길 위에서는 내 몸 안에 해도, 달도, 별들도 느낄 수 있다. 그 짧은 몸의 자유는 어떤 형태의 명상 또는 마인드풀니스 또는 몽상이라고도 부를 수 있을 것이다.

여자에게 걷는 것의 의미는 남성의 의미와 다르다. 리베카 솔닛의《걷기의 인문학》에도 여러 번 언급되지만, 여자에게 '걷기'의 자유가 허락된 것은 그리 오래된 이야기가 아니다.

여자는 정절과 조신이라는 세계 공통적인 억압으로 오랜 시간 남자에게 보호받아야 하며 다른 남자에게 유린될 위험에 노출된 '연약한 소유물'이었다. 연약한 소유물은 주인의 허락 없이 '위험한' 장소를 돌아다녀서는 안 된다. 그러기에 여자에게 걷기는, 더구나 산책은 허용되지 않은 특권이었다. 과연 '여자 혼자 걷는다는 것'이 지금 이 시대에도 남성만큼 자유로울까?

새벽에 산책을 나올 때 나는 여전히 무섭다. 산책을 나간다고 말하면 사람들은 인사말처럼 "위험한데 조심해"라고 말한다. 밤거리를 도깨비처럼 산책하는 것도 여자에게는 웃기는 오해를 주기도 하고 여전히 누군가 같은 길을 걷는 것만으로도 불안해진다. 이 불안을 남자들은 이해하지 못한다.

때로 남자들은 이렇게 반문한다. 남자들도 괴한한테 당하고, 어떤 길을 걸을 때는 당연히 무섭다고. 그리고 요즘 같은 세상에는 남녀를 가리지 않고 범죄가 일어난다고. 물론이다. 이것은 남녀의 문제가 아니라 모든 존재의 문제다.

모든 인간은 죽는다는 것을 알고 있다. 죽음에 대해 두려워하고 걱정한다. 그러나 지금 호스피스 병상에 있거나 중병을 앓고 있는 환자가 두려워하는 죽음과 같은 정도라고 생각할 수 있을까? 이와 같은 맥락에서 남자의 산책과 여자의 산책이 가진 자유의 차이는 다르게 비유되고 비교된다.

그처럼 대단한 자유다. 자신의 몸을 움직여 자연의 공기와 빛과 습도에 반응하는 것은.

달의 공전 주기를 몸 안에 품고 자연의 리듬에 맞춰 살아가는 여자에게 자전은 매우 중요하다. 공전이 내적인 움직이라면, 자전은 외적인 걸음, 즉 산책이다. 스스로 몸을 움직임으로써 여자는 자전과 공전을 완성한다.

모든 산책하는 '부족하지만 완전한' 자유들에게 존재는 스스로 우주를 선물한다.

●

도시 산책자

오늘의 BGM

La La Land Cast 〈Another day of Sun〉

이 노래를 들으면 마치 건물 뒤쪽의 가로등 불빛 아래에서 엠마 스톤이 노란색 드레스를 입고 라이언 고슬링과 춤추고 있을 것 같다. 도시를 걷는 것은 아침에도 밤을 걷는 것이고, 밤에도 아침을 걷는 것이다. 이런 사람들이 뒤죽박죽 섞인 거대한 그림 속에서 나는 어떻게 그려져 있는지 숨은그림찾기를 하게 된다.

오늘의 산티아고는 회사 주변 한 바퀴. 빌딩 숲 한가운데를 걷는 것은 또 다른 특별함이 있다. 종종 아침 산책의 경로를 바꾸고 싶을 때 또는 아침에 일찍 회사에 나가서 일을 처리해야 할 때 나는 회사 건물 인근을 산책지로 정한다.

시인 샤를 보들레르가 〈르 피가로〉에서 "플라뇌르는 도시를 경험하기 위해 도시를 걸어 다니는 자"라고 소개함으로써 플라뇌르는 도시 낭만의 대명사 같은 단어가 되었다. '파리의 산책자'로 유명한 발터 벤야민은 그의 저서 《아케이드 프로젝트》에서 한가롭게 도시를 누비면서 관찰하고 사색하면서도 도시 속에서 익명으로 존재하는 인물을 플라뇌르flaneur, 즉 산책자라고 불렀다.

공원이나 산길, 숲길을 산책하는 것은 '나'에 집중하는 반면, 도시 한가운데를 걷는 것은 '나의 외부'에 집중하게 된다. 물론 나의 산책로는 도시 한가운데 있지만 도시라고 말하기는 미안하다. 마치 세계를 구할 것 같은 진지한 표정으로 광선검을 빼든 스카이워커에게 다스베이더가 갑자기 "I am your father"라고 말하는 것 같은 기분이랄까? 고작 나무 몇 그루에 강을 끼고는 있지만 인위적인 공원이 도시와 다른 분류로 나눠지기에는 태생적으로 '도시들'이다.

도시 산책은 말 그대로 '구경'이 된다. 시야에 많은 삶의 형태가 들어온다. 도시는 잡지책이자 만화책이자 논문이자 신문이자 역사책이다. 시선을 어디에 둬야 할지 어지러운 거대한 책이자 박물관이자 미술관이다.

자연을 걷는 산책이 (비록 도시 속 자연이라 할지라도) 음악회에서 음악을 듣는 행위라면, 도시 산책은 미술관에서 그림을 보는 행위에 빗댈 수 있다. 음악 감상은 흐름Process을 따라 시간성을 가지고 연결된 하나의 맥락을 가진다. 내면에 집중하므로 그 흐름이 가장 집중된다.

반면 그림은 한눈에 하나의 작품을 본다. 그다음 천천히 구석부터 중앙, 대각선과 각 끝 지점까지 자신만의 순서와 위치로 눈의 동선에 따라 감상한다. 흐름의 맥락이라기보다는 인식의 맥락이 선행되는 감상이기에 첫 장면의 구성과 구조에 따라 스토리라인이 정해지고, 그 짧은 순간에 결정된 스토리라인을 따라 시선은 제한된 프레임 안에서 자유롭게 만들어진다.

도시 산책도 이와 같다. 공간의 개념은 이용자인가,

방랑자인가에 따라 전체적인 맥락의 구도가 달라진다. 자신의 프레임을 가지고 도시의 역사와 건물의 구조와 산업의 형태와 거주 또는 생활하는 사람들의 모습에 대해 놀랍게도 다른 이야기를 써 내려간다. 적어도 분명한 것은 도시 산책은 나 자신의 몸과 의식에 집중하기보다 타인의 것에 집중한다. 그것은 역설적으로 나를 보는 방법이기도 하다.

작은 시골이든 뉴욕이나 파리, 런던의 도심이든 도시 산책은 지루할 틈이 없다. 첨단기술과 돈의 지배구조, 인위적인 예술품과 전리품, 그리고 탐욕과 거짓말로 뒤엉킨 판도라의 상자 같은 도시는 끝없이 인간의 삶에 대한 관심과 흐름의 동선을 가진다. 고층 빌딩의 높이만큼 뒷골목과 그늘이 존재하는 곳. 보물창고와 지하무덤이 공존하는 도시. 미워할 수 없는 팜므파달 같은 이곳.

삶이 무료하고 재미없게 느껴진다면 도시 어딘가를 찍어서 무작정 걸어보자. 걷다 내키면 길거리에서 계란빵도 사먹자. 멋진 카페를 발견했다면 들어가서 〈섹스 앤 더 시티〉의 그녀들처럼 케이크나 마카롱을 잔뜩 주문해 점심값을 탕진해도 좋다. 이것이 도시의 삶이니까.

서른여덟 번째 산책

●

메멘토 모리

Bach 〈Six Suites for Solo Cello〉

개인적으로 클래식 악기 중 가장 매력적인 음색의 현악기는 첼로라고 생각한다. 묵직하고 낮은 소리가 좋다. 단순해 보이는 소리속에 많은 감정과 이야기가 녹아 있다는 것을 알게 된 곡이다. 자필 악보도 전해지지 않는데 존재하는 음악처럼, 인간의 생이란 그렇게 '존재'를 증명하기 어려운 음악인지도 모른다는 생각이 든다. 첼로의 음색은 역시 죽음을 생각하기에 적당히 안정적이고 적당히 무거우며 적당히 인간적이다.

그와 손잡고 걸었던 마지막 순간을 기억한다. 잊지 않으려고 노력한다. 하지만 시간이 지날수록 빛바랜 사진처럼 기억이 희미해져 간다.

젊고 건장한 모습으로 세상 모든 것을 다 만들어주고 가져다줄 것 같았던 그의 손의 촉감을 기억한다. 반면 그날 마지막, 손을 잡고 걸을 때 그의 손은 앙상하고 한없이 거칠었다. 발을 맞춰 걷는 것이 힘들었다. 우리는 동네를 한 바퀴 돌았다. 멀리 갈 수 없어서 겨우 동네 한 바퀴를 걸었는데, 그에게 집 밖 산책은 해외여행보다도 멀고 힘든 시간이었다.

너무나 갑작스러웠다. 그와 걷는다는 것이 마지막이 될 거라고는 상상해본 적이 없었다. 그날의 기분을 떠올릴 때가 있다. 이제는 그와 걸었다는 사실이, 그가 내 인생에서 아버지란 존재로 있어주었다는 그 사실만으로도 감사하다.

그 후 우리가 걷는 이 길이 마지막이라면, 하는 상상을 한다. 메멘토 모리. 죽음을 기억하라.

아침에 나는 메멘토 모리를 떠올린다. 그러면 태양이 더 밝아 보인다. 인생은 상자 속의 복권을 집는 것처럼 예측도 되지 않고 뜻대로도 되지 않지만, 단 하나 반드시 걸리는 것은 '죽음'이라는 번호다. 언제든 누구든 피할 수 없으니 이왕이면 항상 생각하는 것이 좋다. 햇빛이 찬란할수록 '메멘토 모리'는 더욱 선명하게 길 위에 새겨진다.

서른아홉 번째 산책

●

"괜찮아"와
"괜찮네"는 한 끗 차이

신해철 〈It's Alright〉
+Jon Batiste 〈It's All Right〉

괜찮다는 말. 그런 말이 듣고 싶을 때가 있다. 그런데 때로는 누군가의 말이나 글이 오히려 더 안 괜찮은 날도 있다. 이 두 노래를 들으며 길을 걸어보자. 멜로디 속에서 당신을 위해 진정 괜찮다고 말해주는 자신의 목소리를 찾을 수 있을 것이다. 한 곡으로는 충분치 않다. '아' 다르고 '어' 다른, 완전히 다른 "괜찮다"의 위로를 연결해서 들어보기를 바란다.

누군가에게 물었다.

"이거 어때?"

대부분 기대하는 대답이 있을 것이다. 그런데 "괜찮아"가 아니라 "괜찮네"라는 대답이 돌아왔다면, 그건 어떤 의미일까?

'괜찮아'는 '나쁘지 않아'라는 뉘앙스 말에 가깝다. 감정은 말로 표현되는 순간 느낌을 반감시키거나 왜곡한다. 말은 글이 되는 순간 뜻을 왜곡하거나 재해석한다. 모든 언어가 입 밖으로 나오는 순간, 말하거나 쓰이면 마치 바닥에 떨어지는 눈과 같아진다.

펄펄 하늘에서 날릴 때와 바닥에 떨어졌을 때의 눈은 분명 같은 눈임에도 다른 눈이 된다. 공중에서 바닥에 살포시 닿고 땅에 쌓이고 이윽고 무언가에 밟혀 눌리기까지 하면, 눈은 본래의 형태를 잃고 뭉쳐지고 단단해지며 색조차 달라진다.

오늘 아침 나의 산티아고 순례길에는 눈이 내렸다. 나올 때 무언가 나풀거리는 느낌이 있긴 했지만 진짜로 눈이 올 줄이야. 걸으면 걸을수록 아주 기분 좋은 정도의 눈이 포근하게 날렸다.

하늘에서 보송보송 날리는 눈은 각자의 언어를 가지고 소란스럽게 떠들어댄다. 가볍고 경쾌하고 깨끗하다. 오늘은 음악을 듣지 않고 걸어도 될 만큼 아침 공기가 수다로 가득했다. 한참을 그들의 수다 소리에 빠져 따라가다가 돌아오는 지점에서 뒤돌아보니 눈이 조금씩 쌓여서 길이 되어 있었다.

극세한 눈들은 마치 먹음직스럽게 잘 구워진 슈톨렌 위의 슈거파우더처럼 부드럽고 여리다. 그러나 땅에 떨어진 눈은 하늘을 휘날릴 때와 사뭇 기세가 다르다. 그렇게 폴랑거리던 경쾌함은 어느새 바닥에서 조용해지기 시작한다. 그리고 한 사람 두 사람이 밟고 지나가는 동안 눈은 단단해지며 똘똘 뭉쳐진다. 단단해진 눈송이들은 말이 없다. 그러나 하늘에서 날리는 눈도, 소복이 쌓이는 눈도, 단단히 밟힌 눈도 모두 눈이다. 그저 다 같은 눈이기에 아무래도 좋다. 그게 '눈'을 즐기는 가장 확실한 방식이니까.

마음을 말로 표현하는 것은 어렵다. 말을 글로 옮기는 것은 더욱 어렵다. 우리는 믿는 수밖에 없다. 그것이 같은 '진심'이었다는 것을. 비록 마음과 다른 말과 다른 글로 상처를 받았다 할지라도 한 끗 차이로 진심을 의심하지는 말자. "괜찮아"와 "괜찮네"처럼 그저 좋은 뜻이었으리라 받아들이자. 조금은 작위적일지도 모르지만 그것이 내 '생'을 즐기는 가장 만족스러운 방식이니까.

모든 살아 있는 존재에게 눈은 "괜찮아"를 가장 따뜻하게 말해주는 차가운 존재인 듯하다.

●

언니라는 단어는
형과는 다르다

오늘의 BGM

Chopin 〈Nocturne No.13 in C-minor〉

쇼팽의 〈녹턴〉은 1번부터 21번까지 연달아 들어도 좋다. 묘하지만 나는 이 피아노곡을 들을 때 시간성과 여성성을 동시에 느낀다. 시간이 스치고 간 소녀부터 할머니까지 모든 '나의 언니들'을 떠올린다. 그리고 다시 나를 떠올린다. 가장 강인한 것이 가장 부드러운 것에서 시작됨을 들을 때마다 떠올린다.

'언니'라는 단어를 좋아한다. 나만 좋아하는 것은 아닌 듯하다. 세상 사람들이 다 언니를 좋아한다. 이름 모를 어떤 이가 여자를 지칭할 때 쉽게 '언니' 또는 '이모'라고 부른다. 분명한 것은 언니라 불리는 사람은 여자이나 언니를 부르는 사람은 남녀이고, 이모라 불리는 사람은 여자이나 이모를 부르는 사람은 역시 남녀 모두다.

이 만만한 단어, 언니는 내겐 만만한 단어가 아니다.

무턱대고 전화를 걸어 울 수 있는 단어. 가족에게 할 수 없는 말을 꺼낼 수도, 친구에게 할 수 없는 말을 할 수도 있는 단어.

'형'이라 부르는 사람들은 형에게 문제의 해결책을 원하고 형은 해결책을 주려 한다. 반면 '언니'라 부르는 사람들은 언니에게 문제의 해결책이 아닌 용기를 기대하고, 언니는 문제를 해결할 수 있도록 마음에 힘을 불어넣는다.

요즘 '센 언니'라도 말이 자주 사용되는데, 이해는 되나 좋아하는 단어는 아니다. 강한 여성은 매력 있다. 그러나 권력과 힘의 언어로, 톤으로, 억양으로, 말하는 것 또는 권력과 힘이 있는 여성이 센 언니라면 나는 그런 언니를 좋아하지 않는다. 또 다른 '명예 남자'에 불과하다 생각하기 때문이다.

여성은 모두가 힘이 있고 권력이 있다. 낮은 목소리든 작은 목소리든. 작은 목소리를 들어주는 것이 언니고, 낮은 목소리를 높여주는 것이 언니다. 그런 언니들이 정치력과 부를 가지고 세상을 좀 더 돌보는 이들이 언니다.

그리고 사회적 성공으로 성공하지 않더라도 괜찮다. 자신의 삶에 성실하고 따뜻한 사람이 언니다. 태어난 소명에 따라 최선을 다해 자신과 타인과 지구를, 그 너머 우주의 존재를 돌볼 수 있는 사람이 언니다. 그것은 '센' 존재가 하는 일이 아니라 '가장 부드러운' 존재가 할 수 있는 일이다.

산책할 때 나는 가끔 멈춰 서서 그 언니들에게 문자를 보낸다.

"오늘 아침 바람이 좋다."

"아침부터 언니 생각하니 기분이 좋네."

"언니 없었음 어쩔 뻔했어. 밥 한 끼 꼭 차려줘."

한없이, 어쩔 수 없이, 자라지 못한 동생의 때를 부린다. 언니가 있어서 좋다. 언니가 될 수 있어서 좋다.

마흔한 번째 산책

•

산책 맛집

Maroon 5 〈Sugar〉

산책할 때는 배부른 음식은 먹기 힘들다. 하지만 달달한 음식이 먹고 싶은 상황은 많다. 혼자 걸을 때도, 같이 걸을 때도 달달한 무엇인가는 잘 어울린다. 산책은 사람과 사람의 사이를 달콤하게 만드나보다.

아침 산책에 음식은 별로 어울리지 않는다. 하지만 밤 산책은 디저트가 로맨틱한 벗이 된다.

사랑을 막 시작해서 쿵쾅거리는 설렘이 있는 연인이라면 콘 아이스크림을 권한다. 바 형태나 컵 아이스크림은 적절치 않다. 데이트 전, 산책로 입구에 있는 아이스크림 가게나 카페를 찾아두도록 하자. 귀찮다고 슈퍼마켓이나 편의점에 가면 안 된다. 이왕 데이트하는 거 잘해야 하지 않겠나.

여기까지 들어도 감이 잘 오지 않는다면 영화 〈로마의 휴일〉과 〈노트북〉에서 아이스크림이 어떻게 활용되는지를 꼭 참고하기 바란다. 걸으면서 먹는 '세상에서 가장 로맨틱한 음식'이 아이스크림이라고 단언할 수 있다.

옛 친구와 오랜만에 산책길에서 만나기로 했다면 치킨과 맥주가 좋다. 경의선 숲길 같은 대학가와 힙스터 골목이 죽 이어지는 생활 산책로를 추천한다. 퇴근길에 친구를 불러내서 잠시 걷다가 지금 사는 X같은 이야기도 하고, "그땐 그랬지" 하면서 추억을 나누기에 적당한 장소다.

자신만의 술 취향이 있다면 어디든 오케이. 없다면 맥

주와 치킨, 이왕이면 옛날치킨이 좋겠다. 기분이 조금 우울하거나 씁쓸한 이야기로 넘어갔다면 소주와 사케가 적절하다. 다만 찌개류 안주는 사양하자. 거기에 주저앉을 가능성이 높다. 가벼운 전이나 두부김치 또는 간단한 오마카세(셰프의 추천 메뉴)가 어떨까?

그리고 만남의 마무리는 다시 나와 길을 걷는 것이다. 술도 깨고 이야기도 정리될 것이다.

마음이 아픈 누군가와 걷는 날은 굳이 먹는 것보다는 가상의 음식이 좋겠다. 각자의 짐을 온전히 지고 가는 이에게 인간의 위로라는 것은 대부분 사려 깊지도 않고 따듯하지도 않다. 섣부른 위로나 어설픈 배려는 안 하니만 못하다. 그저 조용히 달빛을 따라 함께 걸음을 맞추는 것이 내가 해줄 수 있는, 내가 받을 수 있는 최대한의 사려 있는 위로일 것이다.

개인적으로 산책길에 무언가 해주지 못한 (어설픈) 미안함이 남았을 때는 백 마디 말보다 달콤한 빵이나 디저트를 선물로 보내는 것이 좋은 듯하다. 나는 주로 모바일 메신저 카카오톡의 선물하기 기능을 활용해 헤어지자마자 전송한다. 딸기 생크림 케이크나 무지개 색깔의 케이크 등 보기만 해도 기분이 달달해지는 음식과 말로는 차마 전하지 못했던 마음을 메시지에 담아 보낸다.

"네가 사랑받는 사람이라는 걸 기억해주면 좋겠어."

단 한 줄의 말과 케이크의 당도 외에는 전할 것이 없다. 다만 오늘 함께한 산책이 한 뼘이나마 위로가 되었기를 바랄 뿐이다.

마흔두 번째 산책

•

인연:
초겨울 편

오늘의 BGM

Savage garden 〈The Animal Song〉, 〈I Knew I Loved〉

새비지 가든의 노래는 몽환적 느낌을 주는데, 산책길에서 만나는
동물들이 과연 어떤 생각을 하며 살아갈까, 하고 생각할 때 듣기
좋다. 어쩌면 만나기 전부터 이미 인연을 알고 있었을지 모를 동물
들을 만난다는 것은 산책의 큰 선물이다.

산책길에 만나는 동물들은 과연 나와 무슨 인연일까를 생각한다.

늦가을, 초겨울이 되면 겨울철새들이 이동한다는 것을 교과서로 배웠다. 하지만 마음으로 그들의 여행을 본 것은 오늘이 처음인 듯하다. 가끔 철새가 지나가는 것을 보거나, 바닷가 여행을 갔을 때 낭만적인 기분에 젖어 새들이 마치 나를 위해 우릴 위해 날아가는 것처럼 하나의 '풍경'이었던 적은 있지만, 오늘처럼 뭔지 모를 어떤 것의 '주인공'인 적은 없었던 것 같다.

기러기가 때를 지어 날아간다. 한강에도 기러기가 사는 줄은 몰랐다. V자로 대형을 지어가는 새들이 차례로 날아가는 것이 너무 신기하다. 회사나 조직 안에 있지만 언제나 그 안이 답답하고 벗어나고 싶은, 그러나 벗어날 용기조차 없는 내게 나란히 간격을 맞추며 날아가는 기러기 떼는 부끄러운 내 모습과 대조되어 기특하고 대견하며 부러웠다.

앞장선 새를 따라가는 것일까? 어떻게 믿을 수 있을까? 선두에 있는 저 새가 날아가는 방향으로 가는 것을 어떻게 믿을 수 있을까? 그냥 새니까, 본능이니까, 라고 단순히 답해버리기엔 기러기의 V자 대열이 너무나 아름답고 정교하며 애처로움과 함께 애잔하다.

몇 무리가 날아가고 멀리서 뒤처진 두 마리가 부지런히 대열을 쫓아간다. 불현듯 저렇게 날아가다가 힘이 딸리거나 지쳐서 대열을 못 따라가는 녀석이 생기면 어쩌나 걱정이 되었다. 모든 새의 기력이 똑같지 않을 터인데 어떻게 다 같이 갈 수 있을까?

궁금해져서 기러기에게 묻는 대신 휴대폰을 꺼내 검색했다. 선두에 선 대장 갈매기는 경험이 많은 갈매기로 날갯짓으로 바람의 방향을 바꾼다고 한다. 뒤에 오는 갈매기들에게 기류로 인한 저항을 덜 받게 하기 위함이라고. 리더가 지치면 바로 뒤에 뒤따르던 갈매기가 리더 자리를 이어받는다. 행여나 동료가 사고를 당하거나 뒤떨어지면 두 마리가 동료의 곁을 지키다가 대열로 돌아온다고 적혀 있었다.

인터넷에 나오는 글은 어디까지가 진실인지는 모르겠지만, 적어도 이 순간에는 저 기러기들을 보면서 진실이라고 믿고 싶다.

인간은 누군가를 믿고 따라가기가 어렵다. 만약 내가 이 대열에서 떨어진다면 동료들은 멀리 떠날 것이고, 나는 그저 방치된 채로 낯선 곳에서 비참해질 것 같은 두려움이 앞선다. 그게 요즘 회사를 다니는 내 마음이다.

뭐하는지도 모르겠지만 하루하루가 후딱 지나간다. 얼마나 회사를 더 다닐 수 있을까? 과연 집을 살 수 있을까? 혹시라도 늙어서 아프면 어떻게 하지? 점점 자신이 없어진다. 대열에서 낙오되거나 이탈하는 것이 두렵지 않은 시절이 있었다. 그것이 모험이었고, 도전이었고, 성취였던 때가 있었다.

그럼에도 새를 보는 이 순간, 언제부터였는지는 도저히 알 수 없지만 적어도 산책을 하면서 기러기들의 대열들을 보고, 무리를 지어 차례대로 강을 따라 미끄러지듯 떠가는 오리들을 보며 왠지 모를 안도감이 들었다.

'괜찮다, 내가 어디에 있든.'

기러기 떼가 끝까지 함께 완주하기를 응원한다. 어느 자리에 있어도 된다. 어느 자리나 그 나름의 아름다움과 책임이 있다. 대열의 어떤 위치에 있든 현재가 가장 아름답다. 대열 없이 혼자 나는 새는 혼자라서 멋지다.

똑같이 살지 않아도 된다. 똑같이 살아도 된다.

밋밋하게 살지 않아도 된다. 밋밋하게 살아도 된다.

함께 먼 길을 가도 된다. 혼자 짧은 길을 가도 된다.

인간이 가르쳐주면 재수 없을 일들도 새들이 가르쳐주면 재수 없지 않다. 새들의 가르침은 겸허하다. 그들은 그저 '생'으로 보여주니 말이다. 산티아고 순례길에서는 사람을 많이 만나지 않는 것이 이미 순례다. 아침 산책길에서의 모든 배움은 사람이 아닌 인연들을 통해 이루어진다.

나의 그녀들에게

영화 〈악마는 프라다를 입는다〉 OST

그 호주 여자 상사는 내 발음을 자주 지적했다. R과 L발음을 지적
질했으며, Q발음도 연습시켰다. 내가 쓴 메일을 검토하고는 빨간
색으로 마구 칠했다. 그때 나는 그녀가 나를 모독한다고 생각했다.
나는 그녀가 너무 싫었다. 지금 그녀의 나이가 된 나는 그녀가 너
무 고맙다. 일하는 법부터 비즈니스 예절과 영어까지 내게 가르쳤
다는 것을, 그 '돌봄'의 마음을 이제야 감사한다. 멋진 여자 상사
에게 일을 배울 수 있다는 것은 삶을 배우는 큰 특권이다.

솔직히 말하자면 오늘은 전혀 산책에 집중이 되지 않아 육교까지도 가지 못하고 버스 정류장에서 집으로 돌아왔다. 아침부터 진행되는 사업계획발표가 내 마음에도 탐탁지 않아 어떤 입장에서 이야기를 전달해야 할지에 대한 생각이 밤을 넘어 아침의 경계선까지 침범해버렸다.

아침 산책이 끝나면 그 여운이 가시기 전에 직장인의 출근 모드로 급격히 전환해야 한다. 사실 평소에는 꽤나 익숙해진 이 패턴이 크게 힘들지는 않지만, 아침에 회의가 있거나 매우 중요한 프로젝트로 정신이 쓰일 때는 솔직히 산책 시간에도 그 일만 생각하면서 걷는 것을 부인할 수 없다.

그만큼 일이란 것이 '나'란 존재의 한 부분에 깊숙이 박혀 있는 삶을 살아가고 있다. 이럴 때일수록 그 시절, 나의 여자 상사들이 떠오른다. 그녀라면 어떻게 했을까?

남자와 여자의 일하는 방식은 매우 다르다. 여자 상사가 된다는 것은 어렵기만 하다. 성별의 문제는 아닐지도 모른다. 나이를 먹는다는 것, 선배가 된다는 것, 상사

가 된다는 것은 누구라도 처음 하는 일이라 어려운 것인
지도 모른다.

시간이 많이 지났다. 나는 그녀들의 나이가 되어 있
다. 그리고 그녀들을 생각한다. 이제야 알 수 있는 먼저
지나간 자들의 발자국이 보인다. 산책길에는 누군가가
지나간 발자국이 땅이 질고 험할수록 더 잘 보인다.

그녀들은 용감했고, 나는 이해하지 못했다. 남자들이
가르쳐주는 방식이 더 명료해보였고, 나는 그녀들이 까
다롭다고 생각했다. 지금에서야 그녀들의 명료하고 또
렷한 발자국이 보인다. 그리고 깨끗한 발자국이 보인다.

길을 걸을 때 이제야 누가 나를 위로했고 누가 나를
가르쳤는지 다시 생각해보게 된다.

●

몸의 반란

Michael Buble 〈Save The Last Dance For Me〉

마이클 부블레의 목소리가 감미롭기는 하나 이 노래는 정말 많은
가수가 불렀다. 드리프터즈나 브루스 윌리스 버전을 이어 듣다 보
면 어느새 춤추는 자신을 발견하게 될 것이다. 산책할 때 몸은 가
장 이완되고 세포는 각자의 존재대로 움직인다. 이 시간엔 춤을 추
자! 누군가를 기다리는 춤도, 누군가가 기다려주는 춤도 아닌 자신
을 위한 혼자만의 춤을.

산티아고 순례길을 가상으로 다녀오는 것이 실제 가는 것보다 좋은 이유 중 가장 설득력 있는 것은 배낭 없이 걸을 수 있다는 점이다. 몸에 지닌 것이 없으니 어떤 동작을 해도 자유롭다. 무엇보다도 보는 사람이 없다(있기는 하지만 적다). 자, 이제 자기만의 길로 들어서라. 날이 흐리거나 겨울 새벽길에는 혼자 춤추기 완벽한 무대가 된다.

발레리나 동작을 해본다. 평생 한 번도 발레리나가 되어 보지 못한다면 억울하지 않겠는가? 내 안에도 아이돌 본능이 있다. 막춤일 수 있는데 몸을 흔들어본다. 몸을 이리저리 털어내면 걱정, 근심과 약간의 지방이 떨어져나가는 듯한 느낌이 든다. 신나게 털어보자.

가끔 난감할 때도 있다. 미확인 '사람' 물체가 내 시야에 들어왔을 때. 본 사람 입장에서는 '아침 코믹 드라마도 아니고, 저런 막춤을 추는 여자는 제정신인가?' 하는 합리적 의심을 할 수 있다. 그런데 어쩌겠는가. 그 사람이 못 볼 것을 본 것뿐이다.

인간은 이동 수단을 진화시켰다. 더 빨리, 더 멀리 갈 수 있게 되었고 인간은 스스로는 상상도 못할 거리와 속력을 탑재하게 되었다. 그러나 인간을 부분으로 쪼개보면 직접 움직이는 거리는 현저하게 줄어들었다. 두 다리로 걷는 거리는 교통수단의 발달과 비례하여 퇴화되었고, 걸으면서 흔들어주던 몸의 세포들은 떨리지 않게 되었다.

걷는다는 것. 러닝머신이나 특정한 공간에서 목적을 가지고 걷거나 뛰는 것은 '산책'과는 본질적으로 다르다. 산책은 세포들에게 다른 움직임과 자극과 안정감을 준다. 걷는 한 걸음 한 걸음마다 몸은 '목적'이 없으므로 이완된다. 현대인이 목적 없이 누릴 수 있는 시간은 거의 없다. 그 목적은 몸의 세포들을 긴장시키고 더 많은 고된 역할을 분배한다.

'너는 여기서 움직일 때. 너는 여기서 꼼짝없이 가만 있어야할 때.'

이렇게 부여한 역할에 따라 움직여야 하는 세포들만 움직인다. 산책은 내 몸의 세포들에게 목적을 부여하지 않기에 내 몸이 긴장을 풀고 각각 제멋대로 춤추게 하는 시간이다. 이 유쾌한 세포들의 반란은 각각의 세포들이 최소한의 운동을 하며 고유의 진동수와 속력으로 제멋대로 움직인다. 다 합친다면 어마어마한 운동량이 될 것이다.

이 작은, 그러나 거대한 움직임들이 어느 순간 카오스처럼 서로 맞아떨어지는 순간이 있다. 세포 자신들이 '하나의 개체'라는 것을 갑작스럽게 깨닫고는 조화를 이루며 집단 군무를 함께 추기도 하는데, 이때 발현되는 것이 타인에게 들키면 민망한 '막춤'이다.

종종 산책길에서 막춤을 춘다. 극소심주의자인 내가 대범해져서는 아니다. 맑은 아침 공기를 마시며 걷다 보면 공기 방울방울이 내 세포에 닿는 느낌이 느껴진다. 쾌청하고 상쾌한 날은 투과율이 높아서 공기 알갱이가 내 몸에 들어가 세포 한 조각 한 조각과 비비적거리며 인사하는 것이 느껴진다. 진짜다. 그런 날 나는 막춤을 춘다.

공기가 작정하고 내 세포와 만나는 특별한 행운의 날, 나는 이사도라 던컨이 된다.

마흔다섯 번째 산책

괴물

이병우, 장재형 〈한강찬가〉

한강을 걸을 때, 특히 음침한 날 원효대교 북단에 살고 있는 나는 산책을 위해 나설 때, 영화 〈괴물〉의 OST인 이 음악을 일부러 듣고 출발한다. 괴물을 잡기 위해 또는 도망가기 위해 필사적으로 뛰는 주인공들의 모습이 오버랩된다. 삶 같다. 나 같다. 매일 일상에서 내 안의 괴물과 조우하는 나를 위한 경쾌하고 발랄한 응원가. 당신에게도 응원이 되어줄 것이다.

새벽의 한강은 정말 괴물이 튀어나올 것만 같다.

봉준호 감독의 '괴물'과 아직도 풀리지 않았다는 수수께끼, 네스호에 산다는 '괴물' 네시가 떠오른다. 시퍼런 바다 같은 호수에 유유히 떠가는 공룡 같은 시커먼 네시는 어린아이에게 너무나 무섭지만 한편으로는 자꾸만 눈이 가는 존재였다. 무서운데도 계속 보게 되는 마력. 역시 무서운 존재다.

원효대교를 지나고 한강철교를 지나 이촌동 한강공원까지 걸을 때 비 오는 우중충한 날의 원효대교 북단은 딱 괴물이 나타날 것만 같다. 하수구인지 지날 때 냄새가 매우 심하지만 냄새보다 더 무서운 것은 어딘가 어둠 속에서 괴물이 나를 보고 있을 것만 같은 두려움이다.

'원효대교 북단 현서 빨리'라는 문자에서 현서가 내가 된 기분이 들만큼 비 오는 겨울 산책길의 이 자리는 무섭다. 난 영화 〈괴물〉이 좋다. 모두가 평범하면서도 약간은 얼빠진 인물들이 등장하기 때문이다.

모자라 보이는 송강호도, 성질만 더러운 박해일도, 비인기 종목의 만년 동메달 배두나도, 심지어 일반적인 영화 결말과 달리 죽는 할아버지 변희봉과 딸 고아성까지.

등장인물 어느 하나 매력적인 사람이 없는 진짜 '동네 사람들'이다. 우리들의 모습이다. 마블이나 슈퍼히어로물에 나오는 초능력이나 쓸모 있는 능력의 도움 없이 그저 평범하고 다소 부족해 보이는 보통의 사람들이 괴물과 싸우며 살아간다. 그 느낌이 뭉클하다.

산티아고 순례길을 걷는 모든 순례자는 각자의 괴물과 치열하게 싸우며 매일을 걸어간다. 그리고 어떤 날에는 그 무섭도록 날뛰는 괴물에게 말을 건넨다. 어쩌면 한강 한편, 길 한 모퉁이에서 각자의 영역을 조금씩 인정해가며 살아가는 방법을 눈치 채고 숨 쉬고 있는지도 모른다. 걷는 길은 그 숨소리를 듣는 시간.

사실 나는 나의 괴물을 한 번도 만난 적이 없다. 어쩌면 나의 괴물과 만나기 위해 걷는지도 모르겠다.

마흔여섯 번째 산책

●

생일

오늘의 BGM

Nat King Cole & Natilie Cole 〈LOVE〉

아침에 걸으면서 이 노래를 들으면 모든 세상이 사랑에 가득 차 있는 것처럼 상쾌하고 달달하다. 아버지 냇 킹 콜과 딸 나탈리 콜 버전을 연이어 들으면 아버지와 딸이라는 묘한 공통점 속에 남자와 여자가 부르는 확연히 다른 매력을 느낀다.

생일도 그러하다. 내가 아무것도 하지 않은 날인데 나는 가장 축하받는 날. 아무 의미없는 날이자 가장 의미 있는 날이라는 묘한 연결점 속에서도 다른 감정을 느끼게 하는. 분명한 것은 어찌 되었거나 '사랑받는다'는 것은 좋은 일이라는 것을 느끼는 날.

오늘은 밤에 산책하기로 했다. 저녁부터 눈이 온다는 일기예보가 있었기 때문이다.

날은 추웠고, 눈이 왔고, 어그부츠를 신고 넘어지지 않게 뒤뚱뒤뚱 눈길을 걸었다. 돌아오는 길에는 좋아하는 스프 가게에 들러 미역국 대신 닭고기 스프를 먹었다. 오늘은 특별하니까 특별히 평온한 나에 대해 생각했다.

어쩌면 태어난 날은 우리가 혼자 떠나야 할 때를 연습하는 날인지도 모르겠다.

●

0과 1사이,
당신과 나 사이

Enya 〈Only Time〉

관계를 주관하는 가장 핵심적인 신은 시간을 관장하는 신일 것 같
다. 모든 관계는 변한다. 시간 속에서만 정의될 수 있는 것이 관계
라는 생각을 자주 한다. 엔야의 노래를 들으며 걸으면 마치 시간의
사이를 걷고 있는 듯하다. 어떤 시간으로 돌아가고 싶을 때 이 노
래를 추천한다. 단 두 가지를 기억해야 한다. 반드시 돌아와야 한
다는 것. 지금 이 순간으로.

숫자에 대해 생각하며 걷는 날이 있다.

나는 0과 1 사이에 대해 자주 생각한다. 사람들에게 0 다음의 숫자를 묻는다면(수학자에게 묻지 않기를 바란다) 많은 사람이 1이라고 대답할 것이다. 이는 내가 찾는 답이 아니다.

중학교 수학 시간에 선생님은 0과 1의 두 점을 긋고, 이 안에 점이 몇 개냐고 물었다. 누가 대답할 수 있을까? 선생님은 "점과 점 사이에 몇 개의 점이 더 존재한다"고 말했다. 이 사실을 처음 알았을 때의 충격은 아직도 내 머릿속에 생생하다.

0과 1은 가장 가까워보였다. 그런데 확대해보면 그 사이에 점들이 이어져 있고, 또 다른 점들이 있다. 영화 〈맨 인 블랙〉의 마지막 장면이 떠오른다. 한없이 파고들어가도 세계가 계속해서 나온다. 0과 1 사이는 가까운 듯 아주 멀다. 기준의 문제다. 우리에게 0 다음의 숫자는 1이지만 어떤 수학자에겐 0.0079823가 그 다음 숫자일지도 모른다.

그렇다면 사람과 사람 사이는 어떠한가.

'가장 가까운 사람'이라고 많은 사람이 일반적으로 대답하는 관계, 예를 들자면 남편, 아내, 부모님, 연인이 있다. 나를 0에 두고 이런 사람들을 1이라고 하지 않으면 왠지 반사회적인 사람으로 보일 것 같은 소심한 생각이 들었다.

그럴 듯한 가까운 숫자가 없는 혼자 또는 0은 외톨이처럼 느껴지기도 한다. 어쩌랴, 그게 나인 것을. 그렇다면 나는 눈금을 바꾸는 수밖에 없다. 0과 1 사이에 무수히 많은 점(숫자)이 존재하지만 내 마음이 향하는 한 점을 찍고 가장 가깝다고 생각하면, 그 점이 나와 가장 가까운 점이다. 그냥 그렇게 정하면 된다.

가장 가까운 점은 매일 출퇴근길 나를 반겨주는 강아지일 수도 있고, 잠든 내 품에 파고드는 고양이일 수도 있다. 매일 내게 다정하게 말을 걸어주는 편의점 주인 이거나 사무실의 책상 위에서 키우는 나의 선인장일 수도 있다. 남들이 말하는 1 같은 존재가 오히려 남보다 못한 존재일 때도 있다는 것을 가져보지 않아도 알 수 있는 나이가 되었다.

0이라는 내 기준에 맞춰 항상 같은 자리에 있어줄 '사람'은 없다. 인간은 한 개인으로 살아갈 뿐이다. 1로 맞춰둔 사람도 변하기 마련이다. 결국은 0인 나의 움직임이 중요하다. 고정되어 있는 0과 1에서도 기준에 따라 사이의 숫자가 달라진다.

항상 움직이고 변하는 '마음'이라는 존재를 가진 인간 사이에서 어찌 고정된 관계를, 변하지 않는 무엇을 기대할 수 있겠는가?

수시로 바뀌는 내 마음에 따라 나의 1을 매일 바꾸면 편하다. 오늘 나에게 가장 가까운 1은 나의 고양이, 내일 1은 철부지 애인, 그 다음 날은… 어떤 날은 비워둬도 괜찮지 않을까. 하루 1이 없다고 해서 결코 0의 존재를 부정할 수는 없으니까. 오늘은 1이 없지만 내일은 1을 만나게 될 것이다.

내가 정한 1이 '움직인다는 사실'을 인정하는 것도 나를 편하게 하는 방법이다. 내가 언제든 1에게 가까이 달려가면 되니까. 나의 1이 유일하고 확실하다면 그/그녀/그것이 얼마나 멀리 가도 내가 움직여서 따라가면 된다.

산책할 때 0과 1 사이는 나의 걸음과 같이 움직이는 존재가 된다. 고정된 자리의 숫자가 아닌 나의 발걸음에 맞춰 흥겹게, 나의 마음에 맞춰 씩씩하게 움직인다. 그러고 보니 타인과 나 사이에 왜 그렇게 무수한 점이 있는지 알 것 같다. 마음이 변덕을 부려도… 다 괜찮다.

완주의
스탬프를 찍으며

오늘의 BGM

조동진 〈행복한 사람〉
+조동익 〈그런 날에는〉
+조동희 〈슬픔은 아름다움의 그림자〉

긴 산책의 길에서 언제나 내가 가장 많이 생각하고 걱정했던 사람
은 나였다. 그런 날에는 거리를, 산책길을 걸었다. 그리고 아침 햇
살을 받으며 길게 늘어진 내 그림자는 슬픔처럼 보이는 아름다움
이었고, 나는 행복한 사람이었다. 아침에 걷는다는 것은 비록 슬프
고 모순된 삶일지라도 아름다움으로 인해 생기는 그림자라는 것을
배웠다. 그러니 아침 산책은 내 생이 아름답다는 사실을 매일 만나
는 수행이었다. 고맙다, 산티아고.

어쩌다 보니 산책으로 걸은 거리가 누적 814킬로미터. 약 11달의 긴 장정으로 나의 산티아고 순례길은 마무리되었다. 처음 만든 '산책 누적표'는 매달 한 장씩 11장이 되었고, '산책 스크랩북'은 어지럽긴 하지만 두꺼운 두 권의 A4 스케치북을 채웠다. 이 모든 결과물이 나만의 완주증이 되었다.

솔직히 말하자면 나는 길을 걸을수록 처음에 생각했던 '가상의 순례길을 완주하리라'는 생각에서 벗어났다. 오히려 아침마다 길을 나설 때, 산티아고 생각은 전혀 하지 않았고 비장한 각오로 걷지 않았으며, 오늘 산책으로 인생이 환희에 찬다거나 무언가를 이룬 느낌을 받지도 않았다.

그저 아침에 걷는 행위는 나를 우주의 한 존재로서 겸손하게 살아가는 태도와 예의가 무엇인지를 생각하게 했다. 나는 생각보다 귀한 존재라는 기특한 생각을 스스로 하게 되었다. 아침 공기를 마시며 두 팔다리를 흔들며 걸어가는 내 자신이, 아무것도 아닌 행동을 하는 내 안에 수많은 세포들이 살아가고 있다는 것을 처음으로 느꼈다.

어느 멋진 날, 아침 공기를 정면으로 맞는다면, 아침이 몸 안으로 부서지며 들어와 깨진 알갱이들이 내 안에서 세포와 세포를 다시 걸어다니며 각자의 소리를 내게 전달한다. 그 소리를 잘 들으려면 조용한 아침이 좋다. 비로소 나는 수많은 존재가 나를 이루고 있음을 깨닫는다. 거대한 지구 속에서 보이지 않는 인간이 각자의 이야기를 갖고 살아가듯, 나란 사람도 무수한 조각으로 구성된 각자의 내가 존재한다.

육체의 조각뿐 아니라 시간의 조각 속에서 나의 위치를 걸으면서 하나씩 주워다가 스크랩북에 붙였다. 과거 어떤 점의 나. 그 점들의 연결. 그리고 다시 만들어지는 나. 과거의 내가 어쩌면 '선택적' 기억에서 편집된 존재인지도 모르겠다고 의심함으로써 후회와 비교에서 벗어나는 법을 조금은 익힌 듯하다.

혼자 걷는 줄 알았다. 지난하고 지루하며 생산적이지도 않은, 그렇다고 누구에게 자랑할 만한 것도 아닌 온전히 나 자신의 무용한 행위를 통해 나라는 존재에서 벗어나 연관되는 사람들에게 객관적일 수 있었다. 하나하나 멀리 있는 기억들을 불러내어 만난 존재들에게 감사하고 용서할 수 있는 목적 없는 회고와 반성의 시간이었다.

이렇게 순례를 하게 될 줄은 몰랐다. 그저 산티아고 순례길이 좋아보여서 가상으로 산책한 것이었는데, 내 인생에서 가장 멋진 순례가 되었다. 그리고 일상이 되었다. 명상이 되었다.

어떤 여행이나 미사 또는 예배나 108배 절에서도 느껴보지 못한 짧은 수행. 그러나 진정으로 가득한 회고와 참회를 했다는 것을 이 산티아고 순례길 걷기 프로젝트가 끝날 즈음 개발새발 맘대로 스크랩북처럼 만든 산책 스케치북을 정리하면서 뭉클하게 다가왔다.

내일 아침에는 다음 순례길을 나설 것이다. 날마다 순례길이다, 산책길이다.

•

여행의 끝자락이자
새로운 시작점에서

코로나 시대의 여행은 이렇게 가상 여행이었으면 좋
겠다.

산티아고 순례길에 가고 싶다면 그 길을 상상하며 우
리 동네를 걸었으면 좋겠다. 실리콘벨리에 가고 싶다면
판교를 걸어도 되고, 싱가포르의 가든스 바이 더 베이에
가고 싶다면 마곡의 서울식물원을 가고, 프랑스 몽생미
셸에 가고 싶으면 선유도공원을 가서 걸었으면 좋겠다.

아빠가 돌아가시기 전에, 생의 끝자락 즈음에 이런

말을 하셨다.

"평범하게 사는 게 가장 어려운 거란다."

20대 때는 무슨 뜻인지 몰랐다. 그저 성공하지 못한 사람들의 '받아들임'이라고 생각했다. 그리고 마지막 그의 생을 정리하는 순간에는 좋은 마무리라고만 생각했다. 30대 때는 생각할 겨를도 없고 생각할 필요도 없었다. 위너가 되기보다는 루저가 되고 싶지 않았으니까. 그런데 40대가 되고 산책길에 오를 때마다 그래, 매번은 아니지만 종종 나는 그가 혼잣말처럼 내뱉던 평범함에 대해 생각한다.

SNS에는 코로나로 아무 데도 가지 못하는 답답한 이들의 절실함이 애처로울 만큼 간절한 '추억팔이'가 올라온다. 과거의 여행 사진으로 세계지도를 채울 수도 있을 것 같다. 많은 사람이 이 말도 안 되는 상황에서 경제적·정신적 어려움은 물론 우울을 겪고 있다.

그럼에도 불구하고 한 가지 희망을 떠올리자면, 인간이 움직이지 않자 자연은 회복되기 시작했다는 점이다. 부자나 가난한 사람이나 구분 없이 마스크를 쓰고 자신의 미모도 부도 자랑하지 못한 채 한강공원이나 둘레길이나 동네를 걷는다. 평범하게 산다는 것은 어찌 보면 세상을 뒤집을 정도의 바이러스의 위력이 있어야만 만들어낼 수 있는 어려운 것인지도 모른다. 모든 특별함이 당연한 것이 '평범함'의 사회. 평범해도 괜찮은 시대를 꿈꾼다.

 800킬로미터의 산티아고 순례길 여정과 800킬로미터의 동네 산책길 여정이 똑같이 취급받는다면 그때부터는 평범함은 선택의 문제가 된다. 아니, 어쩌면 내가 이루지 못한 것이라 시작했는지도 모르겠다. 평범함을 특별함으로 바꾸기 위해.
 여행의 말미쯤, 나는 오히려 산티아고 순례길을 지워나갔다. 그리고 그 자리에 평범한 한강의 철교와 벤치와 새와 꽃과 나의 생각들로 채워나갔다. 처음 산책길을 나설 때 나는 내가 너무 엉망이라고 생각했다. 도저히 무언지 모를 뒤죽박죽된 일상에서 이렇게 살다가 죽는 것인가에 대해, 늙는다는 것에 대해, 그리고 점점 더 그럭저럭 살아가는 평범함에 대해 참을 수 없는 우울함을 안고 걸었다. 참을 수 없어서 걸었다. 이거라도 해야 할 것 같아 걸었다.

약 1년의 산책길 끝에서 돌아보니, 나는 '평범함'을 배웠다. 평범함이란 단어 속에 녹아 있는 살아가는 힘, 외로움을 견뎌내는 힘, 그리고 또박또박 걸어가는 힘이 결코 작은 것이 아님을 배웠다. 그리고 특별해 보이는 어떤 삶도 평범함이라는 단단한 얼음들이 대부분이며 물 위로 한두 개씩 보이는 빙산일 뿐이라는 것을 알게 되었다.

아침 산책길 위에서 나는 가장 특별한 나를 만났다. 마음껏 상상하고, 마음껏 대화하고, 마음껏 노래 부르고, 마음껏 나로 존재하는 평범한 산책이 특별해졌다. 그것은 타인에게 특별할 필요 없는 나의 특별함이자 나의 평범함이다.

그의 마지막 말에 의미를 물어보기에는 나는 너무 어렸다. 그의 마지막 순간과 비슷한 나이가 되어 가는 지금의 내가 그의 말을 유추해본다면 평범함은 매일의 일상을 살아간다는 것이다. 그 자체가 선물이고 그러한 사실을 깨닫는 것은 쉽지 않다는 의미였을 것이라 생각해본다.

인생의 마지막 순간을 직감하며, 죽음 앞에서 그는 매 순간의 평범함에 대해 감사했을 것이다. 그리고 아내에게 "우리 좋은 시절은 다 살았지 않은가"라며 마지막을 정리했으니 그의 평범함은 '좋은 시절'이었다.

　가상 여행이 평범함을 특별하게 만들어줄 시작점이 되면 좋겠다. 누구든 어디든 가고 싶은 산책길을 정해놓고 마음껏 걸었으면 좋겠다. 파랑새는 내 옆에 있다는 사실을 이 길에서도, 또는 저 길에서도 발견할 수 있다.

　긴 여행이었고, 짧은 산책이었다. 814킬로미터를 걷고 난 후 나의 '평범함'은 특별했고, '특별함'은 평범했다. 내일 아침 산책이 기대된다.

걷는 생각들

초판 1쇄 2021년 3월 12일
초판 2쇄 2021년 4월 2일

지은이 오원
펴낸이 서정희
펴낸곳 매경출판㈜
책임편집 조문채
마케팅 강윤현 이진희 김예인
디자인 김보현 김신아

매경출판㈜
등록 2003년 4월 24일(No. 2-3759)
주소 (04557) 서울시 중구 충무로 2(필동1가) 매일경제 별관 2층 매경출판㈜
홈페이지 www.mkbook.co.kr
전화 02)2000-2612(기획편집) 02)2000-2636(마케팅) 02)2000-2606(구입 문의)
팩스 02)2000-2609   **이메일** publish@mk.co.kr
인쇄 · 제본 ㈜M-print   031)8071-0961

ISBN 979-11-6484-223-0(03810)

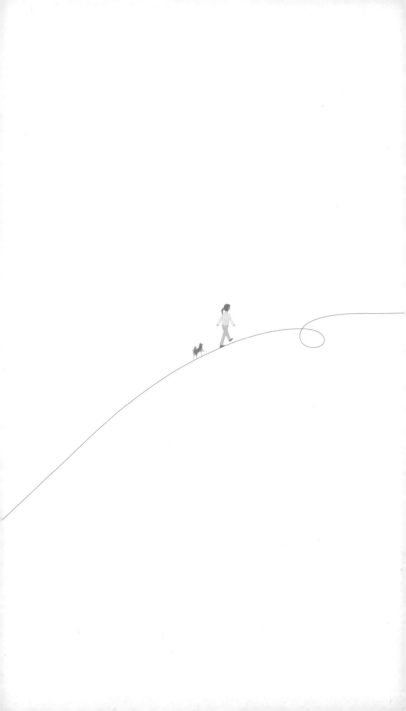